英雄归队

周飞 著

浙江科学技术出版社

CHARACTERS 人物介绍

王小虎

看似贪玩捣蛋,"文体双废",实则有着极强的逻辑思辨能力,是"虎虎生威侦查小队"的**"大脑"**。

欧阳晴晴

儿时遭遇车祸,半身瘫痪,植入了尚在试验阶段的生物芯片后,不仅可以重新站立,还拥有了超强的功夫,是"虎虎生威侦查小队"的**武力担当**。

陈队长

保卫国家科技和数据安全的神秘部门的大队长,过往成谜,心思缜密,用人独到,是"虎虎生威侦查小队"的**伯乐**。

李思特

有着一头蓬松的卷发,掌握极强大的计算机技能,戴着的黑框眼镜其实是一台隐藏的计算机,是"虎虎生威侦查小队"中的**"超级红客"**。

陶 力

绰号"胖墩",身高将近1米7,体重170斤,身形敦实。虽然他对事情常有误判,却是小队中不可或缺的欢乐存在,是"虎虎生威侦查小队"中的**活宝**。

何教授

顶尖科学家,华夏DNA实验室"烈士寻亲"项目的负责人。他反对因循守旧,是"虎虎生威侦查小队"的**科技导师**。

序　言

我是一名军人，一个战士，但在7岁的时候，我还是浙江东阳县（现为东阳市）上宅村里一个整日担心母亲借不到米，下一顿饭没着落的孩子。彼时，侵华日军的袭扰让这片本就贫瘠、灾害频发的土地陷入更凄凉悲惨的境地。年幼的我和村民一起见证着在这个小村庄里打响的捍卫民族命运的生死决战。

我们目睹日寇侵占领土，杀害平民，烧毁一幢幢房屋，搜捕抗日志士，甚至抢村民院子里晒的那点儿火腿，妄图以烧杀抢掠的残暴行径使中国人屈服；目睹抗日游击队铁血英武，与日寇斗智斗勇，灵活周旋，冲锋陷阵，击毙众敌，为保家卫国流尽最后一滴热血。我也曾注视着中国共产党领导的军民武装抗日大队，手持长矛大刀向日军据点进发，沿路不断有青壮年加入，队伍越来越长，越来越壮大，不见头尾、浩浩荡荡、同仇敌忾。我不由得也加入其中，亲眼见到了我所在的村庄是如何举全村之力歼灭日寇的。

尚不谙世事的我已知道那是属于上宅村的全民抗战。这样的抗争发生在中华大地的无数角落。不管日本帝国主义的铁蹄践踏到哪条细小的山沟，那条山沟里的中华儿女都会奋起反抗，以死相搏。

我是生长在国家、民族危急关头的孩子，我所处的时代赋予了我使命和责任，我所受到的感召早已使我作出命运的抉择。我努力地成长，在15岁时，终于如愿参军，后又赴朝作战，成为真正的战士。无数和我一般大的青年人，也作出了同样的选择。我们放下手中的农具，放下手中的文具，紧握钢枪奔赴战场，用一腔热血捍卫国家领土，捍卫民族尊严。

战争是残酷的，战争是壮烈的。昨日还并肩作战的战友，今朝或许就因与敌军搏斗、遭机枪扫射、遭炮弹轰炸、踩到地雷等种种生死危机而牺牲。这不是"天有不测风云"，而是每位战士心知肚明的险情。从踏上战场的那一刻起，战士们就已将生死置之度外。为了战斗的最终胜利，为了战友们的安全，为了祖国的尊严与生存，死亦何惧！

那些为国捐躯的战士，如今早已与黄土融为一体，但他们都曾是我们身边最亲爱的战友。大家在恶劣的作战环境中互相扶助；一起分析战况，总结作战经验；多人同睡一个狭小的坑洞，你压着我的脚，我压着你的脚；一起争着上战场，被留下的人伤心落泪。他们年轻坚毅的模样，说过的话，做过的事，至今仍清晰地出现在我们的脑海里。

八十年沧海桑田，但祖国一直没有忘记那些为国牺牲的烈士们。作为一名戎马一生的军人，我感到无比欣慰！今年是抗战胜利80周年，国家和社会各界都推出了众多纪念性的文艺作品，讲述抗战故事，弘扬抗战精神，而这本《英雄归队》的书稿，也被送到了我的手中。这个讲述我国通过高新技术使烈士"从无名到有名"的故事，不仅让我回忆起了自己的峥嵘岁月，也使我感慨如今的青年一代正在努力地不让这些英雄故事湮没在历史的洪流中。通过日新月异的科学技术，他们复原出在我们的历史中最真实、最动人的民族记忆，使更多人感受到英雄们永不褪色的精神力量。如同当年的我们奔赴战场，当今的青年人也正在运用先进的科学技术来守卫我们的祖国。他们可以是实验室里的科研人员，可以是计算机前的程序员，也可以是网络上的"红客"……

如今我已步入耄耋之年，但一代代的年轻人正蓬勃生长。一代人有一代人的成长和梦想，一代人有一代人的责任和使命，而有些东西是不变且会传承下去的，就如同《英雄归队》一书所呈现的抗战精神和科学精神。抗战精神距离当今青少年并不遥远，其内涵中的爱国情怀、民族气节、英雄气概和必胜信念，将是他们人生道路上宝贵的精神财富；而科学精神和科学思维，则是青少年在当今社会中成人、成才所必须具备的素养和能力。

年轻的朋友们，当你们翻开这本书，英雄先烈和当代科技工作者的热血与梦想便近在眼前。衷心希望你们能从他们的故事中获得勇气，从科技发展中找到探索和前进的方向，用心学习、勇敢逐梦，把个人成长融入祖国发展，让自己的人生闪闪发光！

原宁夏军区司令员、少将　**胡世浩**

2025年7月

目 录

第一章　谁阻止我做英雄　　　　　　001

第二章　长白山上的彼岸花　　　　　008

第三章　他们牺牲时只有十四五岁　　019

第四章　无名的遗骸　　　　　　　　029

第五章　网暴如潮水般袭来　　　　　037

第六章　神秘的怪人　　　　　　　　048

第七章　抓间谍我可太擅长了　　　　059

第八章　虎虎生威侦查小队　　　　　069

第九章　失踪的欧阳晴晴　　　　　　077

第十章　救出欧阳晴晴　　　　　　　088

第十一章　交易地点的诡计　　　　　103

第十二章　间谍真正的计划　　　　　110

第十三章	远征军遗骸	117
第十四章	古怪的老人	129
第十五章	风波再起	139
第十六章	吾爱永存	145
第十七章	一波未平，一波又起	157
第十八章	万人坑里的"活人"	163
第十九章	隐秘的战斗	169
第二十章	全面战斗已经打响	176
第二十一章	冥冥之中	187
第二十二章	揪出间谍	195
第二十三章	英雄归队	205
后　记		234
科技考古　再现峥嵘		239

第一章

谁阻止我做英雄

王小虎眨了眨眼睛,回过神来。融化的雪水带着刺骨的寒意浸透了他的衣襟。他已经在雪地上趴了好几个小时,天地之间只能听到雪花簌簌的飞舞声。

他抬眼望向远方,一轮血色残阳正缓缓坠向泛着银光的长白山背后。

夕阳即将隐去,黑夜即将降临!

呼啸着的狂风肆意地在山谷间冲撞,冰冷的雪花被裹挟着,扑打在他的脸上、肩上、手上……

他尝试着动了动握枪的双手,却发现手指已经僵硬,像是没有生命的橡皮泥,黏附在他的手掌上。更糟糕的是,他的身体甚至已经失去了对寒冷的感觉。

"是因为手脚都已经麻木了吗?我会冻死在这里吗?"

王小虎心生恐惧,他咽了咽唾沫,又马上告诉自己:这里是长白山,我是"少年铁血队"的一员,正在执行一项重要的任务——抓捕东北抗日联军史上最大的叛徒程斌!我一定要完成任务!

想到这里,他心头一热,如潮水般汹涌的恐惧一下消退了大半,取而代之的,是一种兴奋的信念感。

"没错,只要抓住程斌,我就能成为让胖墩佩服得五体投地的英雄!"

但是……

"不对劲,非常不对劲!为什么我要成为胖墩口中的英雄?"王小虎不禁甩了甩头,"胖墩胖乎乎的,也不太聪明,属于德智体美劳全面不发展的典型,他的称赞不值一提!"

他正要继续思考其中的联系,却猛然看见枪口所对准的丛林中隐约出现了七八个人影。他们披着白色雪貂大衣,几乎与这银装素裹的雪白世界融为一体,其中一人还戴着一顶白色毡帽,尤为显眼。

第一章
谁阻止我做英雄

戴着白色毡帽的就是程斌！

王小虎一眼就认出了这个大叛徒，体内鲜血瞬间沸腾起来。他瞄准了那顶毡帽，深呼吸之后迅速扣动扳机——

"砰！"

枪声在山谷间回荡，预想中毡帽上应该出现的血迹却并没有出现。相反，王小虎低头去看自己的胸膛，猛然发觉胸口的衣裳逐渐渗出鲜血。

我……我中弹了？

刚才还在七八十米开外的程斌一行人突然出现在了他身边。

程斌俯视着他，挤出一丝狰狞的冷笑，说道："王小虎，就你也想当英雄吗？黄昏了，这个时代不会再有英雄了！"

说完，他掏出手枪对准了王小虎的额头。

王小虎闭上眼睛。他不怕死，人固有一死，或重于泰山，或轻于鸿毛，他王小虎为击毙大叛徒而死，至少死得光荣！

他视死如归地等待枪响，在这千钧一发之际，却突然闻到一股烤牛肉串的味道，甚至还带着甜蜜诱人的孜然味……

现在是抗日战争时期，又是在长白山上，怎么会有烤牛肉串？

他惊讶地回头望去……

他最好的三个朋友竟在他身后架起烧烤架，一边烤着牛肉串，撒着孜然粉，一边暖着手脚！

"快跑！程斌来了！"看着他们悠闲的动作，王小虎气得跳了起来。

胖墩嚼着鸡翅，嘴里发出"吧唧吧唧"的声响，甚至走到王小虎身边，把一串牛肉串递给他："你也来一串吧。"

王小虎咬着牙，气呼呼地说："我不要！"

高高瘦瘦的李思特推了推黑框眼镜说："别担心，我已经用了终极大招——断掉他们的网络！他们已经死机了！"

"你疯了？他们是活生生的人，怎么死机？"王小虎

第一章
谁阻止我做英雄

气得直跺脚。

白白净净、扎着马尾辫的高个儿女孩欧阳晴晴说:"好了,别纠结了!这反正是你的梦。在你的梦里,你最大,你想怎么着都行。"

话音刚落,所有人突然像被按了停止按钮,全都定在那里一动不动。不仅如此,整个世界也同时静止,就连飞舞着的雪花也都停在了空中。

"欧阳晴晴!李思特!胖墩!"王小虎焦急地喊着小伙伴们的名字,但他们都毫无反应。

他抓了抓欧阳晴晴最爱的马尾辫,她像尊雕像,纹丝不动;摘下李思特的黑框眼镜,他连眼睛都没眨一下;又抢走了胖墩手里的烤鸡翅,胖墩居然也一点都没有抗议……

他呆愣片刻,回头去看程斌,发现那一行人也和欧阳晴晴他们一样,像被施了定身咒,保持着刚才的姿势,停在原地一动不动。

"为什么我受伤了,却感觉不到一丝疼痛?难道我真的在做梦?"

王小虎伸手掐了一下自己的脸颊。"一点儿不疼！"他喜出望外，"看来我是真的在做梦！"

"太棒了！"

事实上，他最近迷上了一本叫作《少年铁血队》的小说，小说讲述了一群和他年纪相仿的少年，在长白山上追杀大叛徒程斌的故事。

王小虎对这个故事十分着迷，经常幻想自己就是"少年铁血队"中的一名战士。现在"我梦由我不由天"，他绝对不会放过这种好机会。

"好嘞，这既然是我的梦，那我就可以控制它朝着我想要的方向发展！"他一琢磨，当即在心中默念"倒回"。

默念到第三遍时，他听到远处隐隐约约响起几人说话的声音。

"程师长，我们快到和日本人约定的地点了吧？"

"快了，就在前面。"

"只要把杨靖宇献给日本人，我们从今往后真的就可以吃香喝辣了吗？"

"那还用讲！我程斌几时说话不算话过？"

第一章
谁阻止我做英雄

王小虎朝声音来源处望去。果然，程斌一行人又回到了刚才出现的那片树林中，鬼鬼祟祟地赶着路。

他再次趴到雪地中，举枪瞄准了程斌头上那顶白毡帽。

"什么英雄的黄昏……我告诉你，这个时代一样需要英雄！"王小虎喃喃自语，"今天，我就是英雄！"

然而，他还没来得及扣动扳机，耳边就响起一声高过一声的呼喊。

"王小虎！"

"王小虎！！"

"王小虎！！！"

"又是谁啊？打扰我做英雄！"王小虎气呼呼地放下枪。

"又是谁？我是你的班主任！有你这么当华夏DNA实验室小观察员的吗？"

"班主任？老马？华夏DNA实验室？"

"你看看你都干了些什么！"

"我干了些什么？"王小虎只觉眼前突然一亮，"噌"一下坐直了身体。

第二章 ⋘⋘⋘⋘⋘
长白山上的彼岸花

原来,王小虎躺在山路边的一块大石头上睡着了。就在刚才,班主任拿走了原本盖在他脸上,为他遮挡阳光的那本《少年铁血队》,书页上还留着他的温度。

"我花了好多力气才说服教导主任,让你也一起参加这么有意义的活动,可你倒好,躺在这里看课外书,睡懒觉!"班主任挥舞着手里的书本,声音里满是恨铁不成钢的气愤。

"老马……哦,不不不,马老师,敬爱的马老师!您把书还我,我这就去采集标本。"王小虎双手合十,恳求道。

其实,这次由华夏DNA实验室和学校联合举办的暑

期"小观察员"活动,原本学校并没有打算推荐王小虎,因为教导主任认为他太调皮了,一天到晚胡思乱想,根本没有做科研的专注力。多亏马老师拍着胸脯跟教导主任保证,说这孩子看着顽劣,但是品质不错,爱国、勇敢,还有一颗不服输的心,是一块值得好好雕琢的璞玉,王小虎才入选了最终名单,和另外三位学生一起进入了华夏DNA实验室。

为了让孩子们真切地了解什么是DNA,实验室决定带他们去长白山采集植物标本,等回到实验室后由他们自己做实验,了解植物DNA和动物DNA的区别。

结果,在其他学生四处寻找做实验的植物时,王小虎却找了个角落,看起了课外书。看着看着,他还犯起了困,索性往大石头上一躺,把书往脸上一盖,倒头就睡着了。

这一睡竟从日头当空睡到了黄昏收队的时间。

"这本书暂时放在老师这儿,等这次活动结束后再还你。"马老师决定不惯着王小虎了,干脆利落地把书本塞进了自己的挎包。

第二章 长白山上的彼岸花

"小虎,你选好自己要研究的植物了吗?"这时,胖墩乐呵呵地走到他跟前,手里还抱着一个鼓鼓囊囊的大塑料袋,里面塞满了毛茸茸的东西,"这是我选的植物——白头翁。"

胖墩名叫陶力,是王小虎的发小,两人在穿开裆裤的时候就认识了。从幼儿园里的滑梯,到初中的大操场,他们一直玩在一起。

尽管胖墩除了吃,似乎没有其他任何突出的本事,王小虎还是把他当作自己最好的朋友。

"经我计算,他还没有选好植物的概率高达98%……"李思特走了过来,用沾满泥巴的右手推了推黑框眼镜,镜片后的眼睛亮亮地眨了眨。

李思特有着一头蓬松的卷发,戴着一副镜片加厚的黑框眼镜。升入初中后,他成了王小虎的同班同学。王小虎对李思特的印象只有一个:虽然不知道他到底是什么人,但可以肯定的是,他的脑子绝不是正常地球人该拥有的。

看到李思特两手空空,王小虎幸灾乐祸道:"还说我呢,你不也没找好植物?"

李思特摇摇头。他放下双肩包,拉开拉链,里面赫然放着一株形状奇特的植物。

"既然来长白山采摘植物标本,那当然要选择最贵、最有价值的植物,所以出发之前我就决定要采集长白山百年人参!"

听到这话,王小虎、胖墩和马老师一起发出了惊呼:"不会吧?"

"这是百年人参?"王小虎盯着那株古怪的植物,满脸诧异。他在电视上见过人参,但眼前这株植物怎么看都不像是人参。

李思特耳根微微发红,解释道:"虽然我按照视频教的方法找,全程没有任何错漏,但还是没找到百年人参。这株是草苁蓉,也叫作'不老草'。我想看看它的DNA有什么特别的。"

马老师笑着表扬道:"李思特,你提前做好详细计划,在计划失败后迅速调整目标继续推进,这股韧性值得肯定!"

"小虎小虎,马马虎虎!我敢打赌,王小虎肯定还没

第二章 长白山上的彼岸花

选好植物。"欧阳晴晴连蹦带跳地跑过来,晃了晃手里的一个密封袋,里面躺着一株红扑扑、小巧可爱的植物:"马老师,我挑好了,长白山高山红景天!"

大家都选好了植物。显然,现在就等王小虎拿出他选好的植物,众人就可以回去做实验了。

王小虎瞥了欧阳晴晴一眼,她也不回避,调皮地冲他吐了吐舌头。

欧阳晴晴是王小虎的邻居,也是从小一起长大的"老熟人"。女孩子发育早,所以从十岁开始,欧阳晴晴就比他高了。欧阳晴晴的妈妈是植入芯片研究专家,欧阳晴晴小时候出了车祸,下半身都动不了了,她的妈妈不忍女儿在病床上度过一生,就冒险申请,让她和其他志愿者一起在脖颈后侧的皮肤中植入了最新研究出的生物芯片。神奇的是,这不仅恢复了她的运动能力,竟然还给了她超乎一般人的力量。于是,从小到大,王小虎没少被她"欺负"。他可以断定:欧阳晴晴就是他的"天敌"!

"谁、谁说我还没选好!我早就选好了,刚才打瞌睡纯粹就是在等你们而已。失算了吧,欧阳晴晴同学!"王

小虎嘴硬,理直气壮地胡诌。

"我不信,那请把你的植物拿出来!"欧阳晴晴一脚踩到他刚才睡觉的石头上,挑衅般地冲他招了招手。

"我……我有必要骗你们吗?我就是怕你们太慢,会耽误时间,如果我提早把植物拔出来,会影响后面的实验结果。这个,这个……不就在这儿嘛!"王小虎一边在嘴上继续逞强,一边四下寻找合适的植物。突然,他的目光停留在石块附近的一株彼岸花上。

"就是你了!"王小虎伸手用力一扯,将彼岸花连根拔起。"怎么样?漂不漂亮?"他兴冲冲地举着花,向四周展示了一圈。

最终,他高高兴兴地把彼岸花放进无污染密封袋,跟着众人往山下走。马老师满脸疑惑地嘟囔道:"长白山野外应该不会长彼岸花,它不喜低温,一般只在南方才有……"

王小虎嘿嘿笑,心想:"没办法,小虎小虎,运气虎虎!"

回到实验室后,华夏DNA实验室的负责人何军教授耐心地指导大家使用实验室里的高端仪器进行植物DNA检测。大家都兴高采烈地拿出自己采摘的标本,在何教授助理赵宁的帮助下,一步步做着实验。

"人们总是想当然地以为,人类的基因组肯定要比植物的基因组更大、更复杂,实际上并非如此。你们仔细观察,有什么发现?"何教授引导大家自己去发现问题。

"我看到的植物线粒体基因组好大!"欧阳晴晴凑到仪器前,小声惊叹。

何教授点点头:"没错,植物线粒体基因组的大小普遍为200kb至2500kb,但人类线粒体基因组的大小通常只有约16kb。"

"我的植物基因组比人类的更多也更复杂……"李思特推了推眼镜,眼神中充满好奇。

"说得很对,人类基因组通常只含有2万~2.5万个基因,但很多植物基因组所包含的基因要远远多于这个数量,比如水稻,它的基因组所包含的基因就约有5万个。另外,人类的基因组目前已知的只能是二倍体,构成比

DNA知识卡

什么是基因、DNA 和基因组

什么是基因？

你的身体就像一个超级工厂，每个零件、每个功能都要按照说明书上的指令来建造和运行。这些神奇的"指令"就是基因！它告诉身体要怎么生长、怎么运作。

每个基因只负责一个或几个小任务，比如：

决定你有没有酒窝；

决定你是卷发还是直发；

决定你能不能尝出苦味……

什么是DNA？

DNA 有个复杂的中文名——脱氧核糖核酸。它是一种生物大分子，携带有遗传信息。

而基因是有特定遗传效应的 DNA 片段，一个 DNA 分子中含有多个基因。

什么是基因组？

基因组是生物体所有遗传物质的总和。

DNA 和基因示意图

第二章 长白山上的彼岸花

较简单,而植物的基因组则可以有多倍体,这让它们的基因组更为复杂。当然,更复杂不代表更高等……"

"咦?"实验室里突然响起了一个困惑的声音。

何教授的讲解被打断,他循声望去,只见王小虎呆立在检测台前,眼睛黏在显示屏上,眨都不眨一下。

"怎么了?"欧阳晴晴有些好奇地问道。

其他小观察员也都齐刷刷转头,把目光投向王小虎。

他吞了吞口水:"为什么我从彼岸花根部提取的DNA上好像有一些动物细胞的线粒体基因?"

欧阳晴晴凑到他旁边看了看序列比对结果,露出同样的疑惑表情:"有些数据确实不符合植物DNA的特征。"

"这不是植物的DNA,更像是人类的DNA。"李思特也走过来看着王小虎的显示屏,略加思索就作出了判断。

胖墩也把他的胖脑袋挤过来,边盯着屏幕边问道:"小虎,不会是你的DNA吧?"

"所有同学都是严格按照要求采集植物的吧?"何教授此时已经走到王小虎身边。

王小虎猛点头道:"我绝对没有碰过植物根部。"

何教授微微颔首，俯身向前："我来看看吧。"

看完数据，何教授语气凝重："这很有可能是人类的DNA！"

"人类的DNA怎么会在彼岸花的根上呢？"众人面面相觑，陷入沉思。

王小虎的视线扫过欧阳晴晴、李思特和胖墩，最后停留在何教授身上，他轻咳了一下，怯怯地问道："总不能是这彼岸花下面……还藏着个人吧？"

第三章

他们牺牲时只有十四五岁

发现彼岸花根部DNA的疑点后,何教授马上组织研究人员对这些DNA进行更加细致的检测。

很快,赵宁走进何教授的办公室汇报道:"百分百确定有人类的DNA,而且这些人类DNA不是一个人的,起码是两个人的!更重要的是……"

何教授皱眉问道:"更重要的是什么?"

"检测显示DNA的来源者可能是未成年人……"

何教授猛地起身,办公椅的滚轮发出"吱呀"的轻响。他没有犹豫,立刻拨通了通讯录里的特殊号码。

几十分钟后,实验室的门被推开,身着干练警服的公安人员与几位拎着仪器的"白大褂"一同踏入。他们先询

问了王小虎当时采集彼岸花时的情景，以及附近的地理环境，又听取了何教授的分析报告，最后做出决定：全员马上奔赴长白山！

他们特别邀请了王小虎和伙伴们一起过去，这可把几个孩子激动坏了。

抵达那块巨石附近，公安人员跟王小虎再三确认地点，旋即用警戒线把附近几十平方米的区域都围了起来。他们让王小虎几人站到警戒线外，自己也退了出去，把这块地方让给了"白大褂"们。

没过多久，消息传来：这块巨石附近，竟然埋葬着多具人类遗骸！

王小虎和欧阳晴晴、李思特站在远处，望着"白大褂"们埋头挖掘和采集。

"为什么我们不能在里面？"王小虎颇为不满，不停地用脚尖蹭着地面。

欧阳晴晴叹了口气："算了，虽然我们是第一发现者，但这事情本来就不归我们管。"

王小虎梗着脖子,不服气道:"我就是想知道下面埋的是什么人!"

李思特摸着下巴:"我刚才偷偷溜过去看了一眼,那些'白大褂'在确认遗骸和遗物,还采集了DNA样本。他们初步判断,这里应该是抗日战争时期的一个战场……"

一听到抗日战争,王小虎更加按捺不住好奇心了。他猫下身子,偷偷往警戒线那边靠近:"不行,忍不住了,我得去看看我发现的到底是什么人,说不定是抗日英雄呢!"

"我们还有一周时间就回家了。接下来几天,还有很多实验要做呢。"欧阳晴晴不客气地一把拽住他,"王小虎,你要是乱来,我就把你拎去见马老师!"

王小虎一听,只好耷拉下脑袋,不再往警戒线靠近。他天不怕地不怕,在学校里就怕两个人:一个是眼前的欧阳晴晴,另一个就是班主任马老师。

他挺起腰杆,努力伸直身子,却还是比欧阳晴晴矮了半个脑袋。他伸手推了推她的手,轻咳了一声:"再怎么说我们一岁那会儿就认识了,你给我点儿面子行不行?

不要动不动就用'拎'这个字眼。"

"为什么？"

"因为这样我很没面子，我的朋友也会很不高兴。"王小虎撇了撇嘴。

"他们会不高兴吗？"欧阳晴晴说完，依旧拽着他。她转头去看李思特，李思特连忙蹲下身，拨弄一株小花，假装没看到。她又看向一百多米外，正从警戒线那边往回跑的胖墩。胖墩发现欧阳晴晴的目光，赶紧冲她招手——意思是任务完成！

事实上，胖墩刚才正在执行一项"偷听任务"。这个计划是王小虎想出来的，他本想亲自执行，可惜欧阳晴晴和李思特都反对，并一致推选了看起来老实讨喜的胖墩去打探。

"你看！"欧阳晴晴笑着晃了晃手说，"大家都不在意！"

王小虎很生气，但他打不过欧阳晴晴，只好原地跺了跺脚。

"好了好了，胖墩回来了，我们问他就行了。我保证不偷偷溜进去了，你放了我吧。"他求饶道。

欧阳晴晴松开他:"行,你最好别动歪脑筋,要不然我就告诉马老师。"

王小虎连连点头,心里却嘀咕着:"胖墩要是没打听到消息,我还是得溜进去!"

这时,胖墩气喘吁吁地跑到他们身边,一边喘着粗气,一边从放在地上的背包中拿出一袋薯片,打开袋子,抓起一片就塞入口中。

"怎么样?都听到了啥?"王小虎急得想从他手里夺过薯片袋子。

"我听他们说,吧唧吧唧……总共发现了十二具少年的遗骸,吧唧吧唧……"

"什么?"听到这话,大家不约而同地发出了惊呼,微微张大嘴,露出了有些呆愣的表情,"十二……十二具少年的遗骸?"

"是啊,岁数应该和我们差不多,只有十四五岁。"

"听说初步判定,那十二名少年是东北抗日联军时期的战士。"胖墩挠了挠头,"叫什么……铁血什么队……"

"少年铁血队?"王小虎发出一声惊叫,几乎要从地

上蹦起来。

众人被这骤然的喊声吓了一跳,都转头看向他,眼里流露出疑惑与探究。

胖墩点头:"对对,是铁血少年队。好像是在执行什么任务的时候牺牲的。"

"不是铁血少年队,是'少年铁血队'!"王小虎没想到会在此情此景下听到偶像的名字,他努力按捺住心中的激动,催促道,"然后呢?然后呢?"

欧阳晴晴和李思特也被激起了好奇心,一齐凑到胖墩跟前,认真聆听起来。

"来了一位老教授,他仔细检查了遗骸和遗留下来还没腐烂的装备,最后从一个破了的水壶上找到线索,确认了这些人是,呃,是'少年铁血队'的队员,还说他们应该是在执行一个重要任务时突然遭遇了泥石流,所以被埋在了地下……哦,对了,那教授还说那株彼岸花之所以会发芽,是因为它的种子本来在这名战士的水壶中,这个水壶当年大概还没有被灌入过水,种子也就一直保持着休眠状态。然后,水壶可能最近裂开了,种子

触碰到了土壤就开始生长发芽，破土而出了。"胖墩努力回忆着听到的细节。

王小虎一拍手掌，眼睛发亮："再然后就被我发现了！我就说这彼岸花不简单！"

李思特又推了推眼镜："从概率学角度看，长白山上长彼岸花的可能性只有0.013%，这都刚好被你碰到。"

王小虎看看手表，说道："胖墩，马老师要过来了！你快说，那老教授还说了什么？"

"没了……"

"没了？他没说执行的是什么任务？也没说接下来他们要做什么？"王小虎瞪圆了眼睛，脸上是难掩的失望。

"没有，他说他还要继续查一下资料，接下来的事情就要交给何教授的项目组，让他们确认烈士身份，再为烈士复原容貌了。"

"为烈士复原容貌……"王小虎喃喃地重复着，眉头微拧，若有所思。

自从听到这里埋着的是他最崇拜的"少年铁血队"的队员后，他就蠢蠢欲动，满心想为他们做点什么。可

DNA知识卡

神奇的DNA容貌复原技术

你知道吗？科学家能根据一个人的DNA信息还原出他的长相，这就是先进的DNA容貌复原技术。

科学家发现，人类的长相是基因"画"出来的。例如，EDAR基因影响牙齿和毛囊的发育，OCA2基因与皮肤颜色有关，DDB2基因与容不容易长青春痘有关。

那么，科学家是怎么还原出人脸的呢？首先，他们通过DNA样本测出基因序列；然后，用计算机程序进行"翻译"，把抽象的基因信息转化成脸的形状、骨骼大小、皮肤纹理等具象的数据；最后，用3D技术"捏"出一个立体的人脸模型。整个过程就像给基因做了一次"数字雕刻"。

这项技术现在可有用啦！当警察遇到无名遇害者或失踪人口案件，只能获得当事人的血迹、头发等生物样本时，就能用它绘制出当事人的大致相貌，再结合其他线索，大幅提高破案效率；考古学家能用它复原古人的面容，让我们看到几千年前的人类长什么模样。

不过这项技术并不能做到100%还原容貌，因为长相除了由基因决定，还会受到环境等外界因素的影响。

是，马老师再三叮嘱，不准他们乱跑添乱。

这时，他看到马老师和何教授从一辆大巴上下来，马老师快步朝他们这边走来，神情似乎不是很高兴。

王小虎看了一眼自己身后的峭壁，心一横，牙一咬，就开始徒手往上爬。他觉得爬得高一点，兴许可以看清警戒线里的那些人到底在干什么。

马老师看到后，远远地就开始朝他大喊："王小虎，你给我下来！太危险了！"

欧阳晴晴也着急起来："快下来，王小虎！大不了我不拎你衣领就是了！"

李思特一急，镜框都推歪了，说话也结结巴巴的："小、小虎！这里是泥石流高发地带……土质很松软，加上前几天又下过大雨，发生山体滑坡的可能性高达40％。"

胖墩也不吃薯片了，冲着马老师嚷道："马老师，小虎要跳崖了！他看不成'少年铁血队'队员的遗骸，就要跳崖了！"

什么？跳崖！

马老师一听，脑瓜子"嗡"地一响……

第四章

无名的遗骸

马老师火急火燎地赶到崖边，看到眼前的情景，脸顿时黑得像炭一样，心想："你们可以啊，一个比一个说得夸张……"

原来，王小虎费了九牛二虎之力，才勉强往上蹭了一米左右的高度。马老师站在他下面，轻轻松松地就抓住了他的裤腰带。

"马老师，你离远一点，危险！万一我掉下来砸到你怎么办？"他一边伸手够上面一株植物的枝干，一边急道。

马老师叹了口气道："我数到三，你再不下来我就用力了。"

"真的危险,马老师——哎呀!"话音未落,因为土质过于松软,刚才那株植物被王小虎连根拔起,他整个人也直直地摔落下来。

马老师根本来不及出手相救,王小虎一屁股摔在泥地上。所幸他攀爬的高度实在有限,这一摔,也就是屁股有点痛而已。

王小虎揉着屁股,龇牙咧嘴地喊:"哎哟,什么东西戳我?"

他转过身,跪在地上看着刚才屁股的落地位置——地面上有一根微微凸出的东西,仔细看,像是一块骨头!

停顿几秒后,他突然捂着屁股大喊起来:"妈呀,马老师!这里还有遗骸!"

众人齐齐看向地面,那里赫然露着一截手骨……

考古队随即对王小虎摔倒的地方展开挖掘,又发现了两具成年人的骸骨。

经碳14鉴定,这两具成年人骸骨与不远处十二具少年英雄的骸骨年代相同。然而,风沙与岁月的侵蚀太过

第四章 无名的遗骸

无情，骸骨表面的软组织早已消失殆尽，骨骼特征也因风化变得模糊不清，附近也没有更多证物能够证明他们的真实身份。

长白山上发现十二具"少年铁血队"队员遗骸和两具同时期无名遗骸的消息迅速传开，很快登上了各大媒体的头条。

"十二名少年战士的英雄事迹令我们动容，而两名目前还未确定身份的人士或许是和少年们并肩作战的战友，或许是舍命护佑他们的长辈……英烈们的牺牲不应被遗忘。"社交媒体上"寻找无名烈士"的话题热度持续高涨，一时间，全社会掀起了追寻历史真相、铭记英雄功绩的热潮。

何教授也对媒体表示，华夏DNA实验室的"烈士寻亲"项目组将利用DNA技术确定遗骸的遗传信息和身份，再配合AI技术复原这些烈士的容貌，帮助他们找到自己的亲人，回归故乡。

事实上，何教授的项目组此前已经为几百名烈士复原了生前的容貌，并帮助他们找到了亲人。

DNA 知识卡

科技之光，让无名烈士"回家"

战争年代条件艰苦，许多战士在牺牲后，遗体无法被运回故里。岁月流转，当他们的遗骸在荒草废墟中再度被发现时，却因缺乏照片和资料无法得到身份确认，也无法与家属"团聚"，成为了无名烈士。

DNA 技术的发展为我们解决无名烈士的问题带来了曙光。2019 年，我国首次成功使用 DNA 技术确认了六名抗美援朝无名志愿军烈士的身份。2022 年，国家烈士遗骸搜寻队及国家烈士遗骸 DNA 鉴定实验室成立。2024 年，我国首次利用生成式 AI 技术复原了烈士容貌。目前，越来越多的烈士遗骸身份确认成功。那些为国牺牲的无名英雄终于找回了名字，回归了家园！

由于烈士遗骸被掩埋在战场上，并且常年受雨水、微生物等环境因素的侵蚀，在其中提取 DNA 并进行分析鉴定的挑战极大。科研人员们夜以继日地工作，筛选配方，最终解决了提取难题。在技术突破的背后，是科技工作者们对英烈们的无限崇敬之情和深沉的家国情怀。

第四章
无名的遗骸

王小虎这时却有些闷闷不乐,因为马老师已经明确地告诉他:"由于发现了遗骸,'小观察员'活动提前结束,明天你们就准备回家。"

王小虎原本以为他们发现了这些少年英雄的遗骨,怎么也算是功劳一件,说不定何教授会让他们参与到烈士容貌复原的工作中。没想到,等来的竟然是要提前离开实验室的消息。

他真的很想亲身参与少年英雄容貌复原的工作,想看看他们的长相,是不是和他梦中见到的一样……

"唉,看来是没机会了。王小虎啊王小虎,快转动你聪明的脑袋,找到可以留下来的办法吧!"

"都怪那个老马,一点儿人情味都不讲!只要能让我多待七天,不,只要多待三天,我回去肯定会好好学习的!"

"老马应该改姓羊,不不不,应该姓兔子,胆小,一点魄力都没有!什么都怕,怕这怕那……以后就叫他老兔!"

王小虎躲在卫生间里唉声叹气,自言自语,满心都

是遗憾。突然,他听到洗手池那边有人在说话,赶紧闭上了嘴巴。

"老徐,你确定了?"一听就是何教授的声音。

"对,那是一个小规模战场,这十二名'少年铁血队'的队员,当时正在追捕程斌的左右手,就在那个山谷,他们发生了交战。后来大雨引发了泥石流,所有人都被埋在了泥土之下。"老徐大概就是胖墩说的那个老教授吧。

"这么说,那两具成年人遗骸就是那两个叛徒了?"

"很有可能,我只能说很有可能,但不能打包票,毕竟我也只能根据我找到的资料和线索进行推测。说起来,发现这些遗骸的孩子可是立了大功啊!要不然,这些少年英雄可能会一直被埋在地下,永远没有找回身份的机会。"

"是啊,哎……"何教授深深叹息。

……

两人洗完手,边说边走出了卫生间。

王小虎推开门,走出隔间,自信满满地望着洗手池

第四章
无名的遗骸

上方镜中的自己,喃喃自语:"马老师,哦不,老兔啊老兔,你看看,人家教授都认可我的功劳了!"

刚说完,他又叹气道:"不过没办法,你是班主任,我是学生,我只能听你的了。"

话音刚落,王小虎耳畔就响起了马老师的声音:"我要是答应让你再待几天,你能保证回学校后真的好好学习吗?"

王小虎吓得整个人一哆嗦,他环顾四周,发现一个人影都没有,连忙安慰自己:"小虎啊小虎,你看你,愁得都幻听了。不怕不怕,休息一下就好了。"

"我问你呢!你能保证吗?"没想到马老师的声音再次响起。

伴随马老师声音的,还有一阵冲水声。紧接着,一扇隔间的门打开了——原来马老师就在王小虎刚才待的那个隔间的隔壁!

他臊得恨不得找个地洞钻进去,结结巴巴地喊:

"马、马老师……"

马老师走到洗手池边,一边洗着手一边说道:"你们

在这里再待一周,回去后就好好学习,你下学期的考试成绩必须进入全班前二十。就这么定了。"

马老师说完就走出了卫生间。王小虎当下蹦蹦跳跳地大声欢呼:"太棒了!幸福来得太突然!原来老马并没有那么不近人情嘛……"

当天晚上,马老师和何教授讨论后,给几位学生安排好了新的实验计划。这样,他们就可以在完成"小观察员"活动的既定实验之余,观摩烈士身份确认和容貌复原的进展。这是马老师为他们争取来的,这下可把王小虎乐坏了!

第五章

网暴如潮水般袭来

在接下来的日子里,每天一有空闲,王小虎就拽着欧阳晴晴、李思特和胖墩,带着满脑子的好奇往实验室跑。实验室内,超低温冰箱里的样本整齐排列,银色的基因测序仪发出轻微的嗡鸣。

"来,今天向你们展示核心环节。"这天,赵宁戴着防冻手套,小心翼翼地从液氮罐中取出一支冷冻试管,试管外壁瞬间凝结出霜花,"这是从烈士遗骸中提取的DNA样本,经过脱盐、纯化等二十多道工序,现在我们要把它交给'基因解码器'。"

他手持移液枪,将经过处理的DNA样本加入一台闪烁着蓝光的圆柱形仪器。仪器的屏幕上先跳出一条在转

动的DNA，像一条扭动着的梯子。很快，屏幕变成了黑屏，密密麻麻的碱基序列紧接着涌现，神秘的生命密码如同奔腾不息的长河，汩汩流淌。

这时，实验室中央的全息投影突然亮起，淡蓝色的人体轮廓在空中缓缓浮现。

"这是AI根据基因数据生成的烈士生前形象的基础模型。"赵宁在平板电脑上操作，模型的颧骨、眉骨等部位开始动态调整。

"在遗骸鉴定的基础之上，我们会结合历史照片、口述档案等资料，通过深度学习算法修正细节。比如，抗战时期条件艰苦，这位烈士的右手小指曾经骨折过，但没有得到及时治疗，后来就长歪了……"话音未落，模型的右手小指便呈现出微微的弯曲状态，皮肤上还有许多细小的疤痕。

胖墩被眼前的景象镇住了，瞪大眼睛，凑到投影前："这也太神奇了！"

欧阳晴晴瞅了胖墩一眼："大惊小怪。"

李思特道："根据我的估算，胖墩完全没听懂的概率

DNA的形状和构成

DNA的样子十分独特，像一条不断扭曲盘旋的梯子，科学家们给它的这种结构起了个专业的名字——"双螺旋"。仔细研究这条"梯子"，你会发现它的阶梯是由四种碱基连接而成的，它们分别是腺嘌呤（A）、胸腺嘧啶（T）、鸟嘌呤（G）和胞嘧啶（C）。这四种碱基按照特定的顺序排列在一起，构成了遗传信息。

在我们的细胞里，大部分DNA在细胞核里。这些DNA如果全部相连，长度可不得了，竟然相当于地球和月球之间距离的近20万倍！

DNA不仅赋予我们独一无二的个体特征，还是家族世代连接的纽带。正是这种遗传机制，让我们身上或多或少都带着父母的影子。也许你有和爸爸一样挺直的鼻梁，像妈妈那样甜美的酒窝，这些都是DNA遗传的奇妙体现。

超过90%。"

"你、你才没听懂!"胖墩气呼呼地争辩。

这时,赵宁又调出三维重建系统,通过CT扫描数据叠加肌肉走向。原本平面的面容逐渐饱满生动起来,连眼睑下细微的血管纹路都清晰可见……

当最后一缕虚拟光线勾勒出烈士坚毅的下颌线时,从刚才开始一直静默无声的王小虎竟然霎时热泪盈眶。

"小虎你怎么了?"欧阳晴晴注意到他眼中有泪光,赶紧问道。

"没、没什么……我……我只是觉得自己仿佛跨越时空,和烈士握手了……"他的声音中有几分哽咽。

以前,王小虎只是在网上看到过报道,知道华夏DNA实验室通过这项技术,已经为好几百名烈士复原了容貌,帮助他们找到了家人。如今他在这里亲眼看到了具体的复原过程后,才真正意识到,我国这项在世界上处于领先地位的技术,竟然真的可以将烈士容貌复原得如此栩栩如生。

"太厉害了!"听完赵宁的讲述,王小虎发出了由衷

DNA知识卡

DNA容貌复原技术厉害在哪里

　　DNA容貌复原技术是一种非常先进、复杂的高科技手段，那么，它到底厉害在哪里呢？我们一起来看看！

　　（1）从小块骨头里提取DNA

　　有时候，科学家只能得到一小块复原对象的骨头或牙齿，但他们能用特殊的设备从里面提取出DNA，而这非常考验技术。

　　（2）修复受损的DNA

　　如果时间过去了很久，DNA可能已经断裂、破碎。科学家要用DNA修复技术，一点一点地把它们拼回去，并从中找出有用的信息。这是一个细致而又需要耐心的过程。

　　（3）人工智能帮忙还原长相

　　科学家用电脑程序和人工智能（AI）来解读DNA，再用3D建模技术，把这些信息"拼"成一个人大概的样貌。

　　（4）用超级计算机处理数据

　　一个人的DNA信息量巨大，所以科学家会用"超级计算机"来分析这些复杂的数据。这种计算机几分钟就能处理海量的信息，快得惊人。

　　（5）科学与艺术的结合

　　通过DNA复原容貌，不只是"算出来"，还要"画出来"。科学家会请专业的法医画师来参与，根据数据调整五官细节，让复原结果更真实。这是科学和艺术结合的成果。

第五章 网暴如潮水般袭来

的赞叹。

赵宁停顿了一下,再开口时,声音中带了些难以掩盖的悲伤:"真希望我太爷爷的遗骸也能尽快找到,再通过我们的项目找回身份。"

"赵博士,您的爷爷也是烈士吗?"王小虎有些惊讶地问。

"是啊,他也是当年东北抗日联军里的英雄。"赵宁语气里的自豪盖过了失落,"我很小的时候,我爸妈就这么告诉我,这也是我做科研工作的动力。我想,有一天我也许可以亲手把我太爷爷的遗骸接回家。"

赵宁的眼中闪过几点晶莹的泪光,王小虎四人亦是感同身受地发出了几声轻叹。

"那么,会不会有人觊觎我们的这项技术呢?比如那些被我们打败了的外国公司。"过了一会儿,李思特问道。

"怎么会呢?"赵宁已恢复平静,低头笑了笑,"就算他们会,也绝不可能偷到我们的技术!我们这里的安保可严格了。"

"严格吗?你看王小虎,他每天跑来跑去都没事。"

欧阳晴晴双手抱胸,睨了一眼王小虎,对赵宁的话表示怀疑。

赵宁笑得更开怀了:"你们是被特别批准的,要不然监控系统早就发出警报,让保安把你们抓起来了。"

"原来是特别批准的呀!"大家点点头,担忧的心也放松了下来。

"来,我再带你们去看看那些设备具体是怎么操作的。你们之前只是看,肯定还没自己上手试过吧?这些设备都是我国自行研发的,其他国家可没有哦。"

王小虎跃跃欲试,迫不及待地想亲自去操作一下。

就在这时,窗外突然传来一阵很嘈杂的声音。实验室里的众人听到动静,赶紧跑到窗口查看。楼下园区外有好几个人正高举着牌子,神色愤懑,嚷嚷着什么。

何教授吩咐赵宁:"快去看看怎么回事。"赵宁应声跑出了实验室。

"我知道发生什么了。"李思特举起手机给大家看,屏幕上正在播放一个短视频。这个视频才被上传短短十几分钟,就已经有几十万的浏览量了。

第五章
网暴如潮水般袭来

视频拍摄的就是楼下正在进行的抗议活动。原来，不知是谁在网上散播谣言，说此次发现的十四具遗骸中，两具成年人的遗骸是当年"少年铁血队"在追捕的东北抗日联军里的叛徒，而华夏DNA实验室正在对这两个叛徒进行容貌复原。一些知名博主出于愤怒，正在园区外举着牌子，大声喊着："停止对叛徒、汉奸进行容貌复原！"

这件事情一下在网上引起了轩然大波，甚至还上了热搜。

"我们明明主要是为了复原少年英雄的容貌呀！"王小虎看了视频后，整个人都气炸了。

胖墩也附和道："这是真的吗？如果是叛徒的话，确实可以不复原容貌呀！"

"不知道何教授会怎么想呢？"李思特比较在意何教授的想法，皱着眉摇了摇头，"但我不支持复原叛徒的容貌。"

"我倒是觉得那两个叛徒的容貌也应该复原！"欧阳晴晴说出了和大家完全不同的想法，"毕竟，那两个人的

身份还没确定,如果他们不是叛徒呢?如果不进行DNA分析再复原容貌的话,我们可能永远无法确认他们的真实身份。"

"没错。"王小虎率先认同了欧阳晴晴的说法,"虽然我一直不服你,但这次我认为你说的是对的。"

网络上的舆论风暴来得猝不及防,短短几个小时,关于长白山遗骸DNA检测项目的争议推文便如潮水般涌来。社交媒体上的话题阅读量瞬间突破千万,甚至有民间团体联名要求立即叫停项目。在一边倒的舆论中,那十二名少年英雄的身份确认和容貌复原问题,反而被忽视了,鲜少有人提及。

面对汹涌的争论声,何教授难掩疲惫与无奈。他紧急召开项目组会议,并在两天后宣布暂停所有实验,待专家论证得出结论后再行定夺。

实验室的大门缓缓关闭,曾经忙碌的走廊变得空荡荡的。王小虎攥着实验记录本,失落地站在玻璃门前,看着里面静置的基因测序仪,它们像被尘封的珍宝,不再散发应有的光彩。

第五章
网暴如潮水般袭来

很快,一周时间就过去了。这天晚上,在园区的休息室里,大家都显得有些颓唐,气氛沉闷而凝重。欧阳晴晴瘫在椅子上,机械地滑动着手机屏幕;李思特翻着厚重的基因图谱,却怎么也没法专注地投入学习;胖墩百无聊赖地转着魔方;王小虎则躺在桌子上,盯着天花板发呆,在脑海中不断想象着那十二位"少年铁血队"战士的面貌。

时间仿佛在这一刻凝固,偶尔有人打破沉默,却也只是表达对项目停滞的惋惜,随后休息室又陷入漫长的寂静。

一周时间短暂,难道得不到任何结果,他们就得回家了吗……

终于,王小虎受不了这种压抑的感觉,找了个上厕所的借口,偷偷溜了出去。

第六章

神秘的怪人

王小虎边走边想：那十二名"少年铁血队"队员，当年一定知道自己是在执行九死一生的任务。他们为国家和人民牺牲，我们如果因为害怕舆论就停止对他们进行身份确认和容貌复原，这也太不公平了。

不知不觉间，他走到了五楼的楼梯间。他沉浸在自己有些悲伤愤懑的思绪里，蹲坐在楼梯上，连感应灯暗下来了也没有发觉。

不知过了多久，他才回过神来，透过楼梯间大门的玻璃窗，望向过道尽头的实验室。实验室里一片漆黑，其中陈列的仪器和"少年铁血队"队员们的DNA样本，似乎都已经被人们遗忘了。他心中百感交集。

第六章
神秘的怪人

就在他犹豫要不要过去时,实验室的门忽然被打开了,一个衣着奇怪的人从里面走了出来。

天气明明很热,那人却穿了一件风衣,用一顶大帽子掩住了大半张脸,还戴着口罩,把自己浑身上下裹得严严实实。

"有问题!"王小虎立即反应过来,这情况不对劲,"这个人在实验室里的时候,里面的灯是关着的。那么,他一个人在乌漆墨黑的实验室里做什么呢?绝对不是在搞研究!"

他正打算等那人转向电梯间时,再偷偷跟过去,看他会去哪里,可转念一想,心中大叫不好。

"电梯那里有监控,这人要躲避监控的话,肯定会走楼梯!"

像是在肯定王小虎分析的正确性,那人径直朝着楼梯间大门走来。

王小虎急了,楼梯间里装有感应灯,无论他往下跑还是往上跑,都会触发感应灯,灯一亮,他马上会被对方发现。

没有办法,只能赌一把了!

他蹑手蹑脚地挪动一下,躲到楼梯间大门边上。他推测此人急着离开,不会过多停留,也不会仔细观察楼梯间。

那人推开门后,感应灯瞬间亮起,王小虎看清了他的背影。果然,他头也没回,径直跑下楼梯,迅速消失在他的视线中。

王小虎松了口气,刚才门被打开的时候,他整个人都僵住了,脚尖轻轻踮着地,屏气敛息,生怕被那个怪异的神秘人发现。缓了缓神,他快步跑下楼,沿着通往大门的走廊追去,试图跟上神秘人。可是那人的身影早已隐没在夜色里,像水滴融入深潭,消失得无影无踪。

深夜的园区被浓重的夜色笼罩着。回到宿舍,王小虎躺在床上翻来覆去,难以入眠。项目已经暂停一周,说不定老马就要让他们回家了,可他的脑海中始终盘旋着这几天所发生的种种细节。还原度极高的烈士容貌模型、网络上突然爆发的质疑声,还有那神出鬼没的神秘

第六章 神秘的怪人

人……他忽然觉得事情没那么简单。

就这样辗转到天快亮,他才迷迷糊糊睡着。

早上八点多,马老师来到宿舍,叫他们准备一下去实验室,说实验室已经决定继续对所有遗骸进行容貌复原了。

睡眠严重不足的王小虎打着哈欠,拖着步子,跟随众人出了宿舍,刚到实验室门口,就听见了何教授发怒的声音。

"怎么搞的?这么重要的DNA样本怎么会被污染呢?你们操作怎么这么不小心!"何教授指着几个助理研究员厉声训斥,声音里满是痛心与愤怒。

赵宁在一旁劝他:"何教授,算了,别生气了,我们还可以尝试用高通量测序,或许能修复呢?"

"你自己看,非常彻底的污染,已经没法挽救了。"何教授失望地捶了下桌子。

"那就糟糕了,提取DNA样本后,遗骸就已经火化,也不可能再提取一遍了……幸好只是那两个疑似叛徒的DNA样本被污染,十二名少年的DNA记录都没有问题。

反正那么多人反对给叛徒复原容貌,无法复原的话,也算是平息了网上的愤怒吧。"赵宁叹着气安慰道。

"唉,也只能这样想了。真想不通,昨天还好好的,怎么今天早上就污染了呢……"何教授尽管气得不行,目前也只能接受这个结果。

这时,王小虎想起昨晚见到的那个"怪人"。他举起手,怯生生地说:"何教授,我……"

他刚想说昨晚遇到那个怪人的事情,可念头刚起,瞬间警醒过来,到了嘴边的话也被硬生生地憋了回去。

那个"怪人",或许就在这群人中间!

等到实验室的研学结束后,王小虎看到何教授收拾好文件,提着包正要离开,他赶紧跑上去,小声说:"何教授,我有重要的事情跟您说。"

何教授看看他,问道:"是学习上有什么困难吗?这个你可以请教赵宁。"

"不是不是……"

"那是生活上的事吗?这个你可以跟你们马老师说。"

王小虎连连摆手,随后低声在他耳边说:"我昨晚看

DNA污染

DNA就像记录着每个人独一无二生命信息的"说明书"。如果这本"说明书"被弄脏了,或者被损毁了,科学家就很难准确解读其中的内容,这就是我们常说的"DNA污染"。

DNA污染的来源五花八门。空气中漂浮的细菌、灰尘有可能悄悄钻进样本里"捣乱";如果科研人员在操作时没有严格消毒,戴着被污染的手套或者未经灭菌的工具接触样本,也会引入外来的DNA;当样本年代久远,比如烈士的遗骸长期埋在腐蚀性强的土壤中,不仅DNA会自然降解,还可能混入土壤里的微生物DNA;更要小心那些不经意的意外——在提取样本时,如果周围的人说话或咳嗽,喷出的唾液里的DNA也会污染样本。

到有人从实验室出来——"

他还没说完,何教授就打断他的话,脸色铁青道:"你跟我来。"

说完,何教授警觉地看了看四周,冲王小虎点点头,两人便往他的办公室走去。

王小虎跟在后头,心怦怦直跳,突然有些紧张起来。他还是第一次见到何教授脸上出现这样凝重的神情,四周的空气都被这份凝重染得沉甸甸的。

何教授走入办公室,示意王小虎进去,又探出头来观察了一下四周,确定没人后,才把门关好又上了锁。

王小虎瞧着何教授这般如临大敌的模样,心里的疑惑再也压抑不住:"何教授……呀——"

话还没问出口,他就吓得跳了起来——大门后面赫然站着一个男人!

那男人穿着再普通不过的深色夹克,身材也并不高大,可往那一站,却好像一座沉稳的山,迎面给人一种压迫感。尤其是他的眼神,锐利得像是淬了冰的刀子,仿佛能直直剖开人的胸膛,看穿世间所有的谎言。

第六章 神秘的怪人

此刻，男人就正眯着眼看着王小虎，不知道在琢磨什么。

王小虎战战兢兢地问："何教授，他是谁啊？"

那男人一哂，迈步向前，走到王小虎身边，弯下腰打量他一番后说："孩子，你可以叫我陈叔，也可以叫我陈队长。"他的声音像古钟，浸润着一股令人心安又无法违抗的威严感。

王小虎冲何教授看了看，何教授点点头说："小虎，他是维护国家安全的警察，来实验室，就是为了抓你看到的那个人。"

王小虎一脸惊讶："何教授，难道你早就知道了？"

"对，我们查过所有的监控，知道你在那个时间点进入了楼梯间。"

陈队长这时突然说："王小虎，中州中学学生，个子不高，成绩中等，运动能力……欠佳，最大的梦想是成为一名保家卫国的英雄。这次和你一起来实验室的分别是植入了超级武术芯片，拥有超越一般成年人格斗能力的欧阳晴晴；从小就展露出超强大脑，掌握各项前沿网

络技术的超级计算机天才李思特；还有外号胖墩，取得中州中学体重第一傲人成绩的小胖子陶力。"

王小虎一听，脸"唰"一下红了，有些诧异地质问道："你是怎么知道的？"

陈队长笑了笑："我知道的比你能想到的多得多。"

王小虎又辩解道："其他人我不管，但你对于我的评价，我持保留态度！"

陈队长看着王小虎这副较真的模样，忍不住笑了："这是综合你这几年的表现总结出来的评价……不过这种纸面评价不一定完全准确。就像你说的，持保留态度。"

"你的梦想是当英雄，那我问你，你怕坏人吗？"陈队长收了笑，眼神中又流露出几分锐利。

"不怕！"王小虎挺胸抬头，大声回答。

"你记性好吗？"

王小虎眨了眨眼睛，胸脯一挺，无比骄傲地说："只要被我见过一面的人，就算化成灰，倒进地里，变成养分，被植物吸收开出了花骨朵，我也能一眼认出他滋养的是哪朵花！"

第六章
神秘的怪人

"哈哈……"陈队长朗声笑道,"很好,很好!"

何教授也点点头,随后跟陈队长说:"陈队长,这事儿要么就这么办?"

"什么这么办?"王小虎听得云里雾里,插嘴问道。

陈队长把手伸向自己的上衣口袋,掏了掏,像是要找什么东西,又意兴阑珊地收了回来。看到王小虎注意到了他的举动,他笑着解释:"最近经常跟孩子待在一起,所以戒烟了,但这个习惯还没改掉。"

他又琢磨了一会儿,缓缓开口:"我几乎可以断定,那人说的肯定是假的。不过为了保险起见,就按你说的来,让能认出花骨朵的少年英雄王小虎来看看吧!"

王小虎又好奇地瞪圆了眼睛:"哪个人啊?"

"行!"何教授说,"陈队长你去带人来吧,我和王小虎在书架后面观察。"

"小心,别让他看到小虎的样子。"陈队长临走前特意叮嘱。

"带什么人?谁啊?"王小虎的好奇心得不到满足,急得抓耳挠腮,"你们怎么什么都不告诉我啊?神神秘秘

秘的！"

何教授不语，只是拉着王小虎的手走到书架后面，猫着身子躲起来。王小虎急得不行，压低了声音问道："何教授，你们想要干什么？为什么要带我藏起来啊？"

"嘘……"何教授终于不再藏着掖着，伸出一根手指竖在唇边，等王小虎乖乖安静下来才轻声说，"其实我们已经抓到那个怪人了。"

王小虎小声惊呼："什么？这么快！"

第七章

抓间谍我可太擅长了

"嗯。"何教授继续说道,"这个人交代了自己确实是想溜进来破坏那两具成年人遗骸的DNA样本,让我们没有办法复原他们的容貌,但他说自己还没进入实验室就被抓住了,坚决不承认是他破坏的。所以想让你看看,他是不是你昨晚见到的那个人。"

"原来是这样啊,搞得神神秘秘的!"王小虎一下明白过来,当即拍着胸脯保证,"小虎小虎,绝不马虎!这种事情交给我,您放心!"

几分钟后,陈队长押着一个人进了何教授的办公室。他还特地给那人戴上了口罩和帽子,然后沉声命令道:"你就在这里站好,转圈。"

让那人做了一些动作后,陈队长又把他押了出去。

等陈队长独自回来后,王小虎斩钉截铁地说:"他绝对不是那个怪人!身高不一样,戴上口罩后眼睛区域也不一样。"

何教授与陈队长对视一眼,犹豫着开口:"要不要封闭实验室,挨个搜查,把这个人找出来?"

陈队长缓缓摇头,眼神里透着老辣:"这人应该在实验室里隐藏很久了,破坏样本前还能非常熟练地破解实验室内外的监控,离开时走的也都是监控死角。这个人有可能是一名商业间谍,想要盗取实验室的DNA技术,如果大张旗鼓地搜查,反而会让他警惕起来,后续不再有动作,这样要抓住他就更难了。"

何教授叹气道:"那我们怎么办?什么人来查,才不会被那个间谍发觉呢?"

"我我我……"王小虎听到这里,眼睛一亮,马上举起手,连蹦带跳地说,"这么说吧,也许考试我不行,体育我不行,但是抓间谍我可太擅长了!再说,让学生去查间谍,对方一定想不到,肯定不会察觉!"

第七章
抓间谍我可太擅长了

何教授笑着摆手:"这孩子……这是抓间谍,不是玩游戏。"

陈队长听王小虎这么一说,倒是饶有兴致地盯着他琢磨起来。

"抓间谍可不是闹着玩的,说不定会有危险,就算这样你也愿意吗?"

"我愿意!"王小虎挺起胸膛,"我会和'少年铁血队'的英雄们做得一样好!"

"抓住人了,也不会让你的考试分数提高哦。"

"考试成绩我自己会提高!"

"你的个人评价也不会因此而变好,因为这是秘密任务,不会有任何记录!"

"没关系,没有记录更好,要不然回家还要被我爸妈教训——陈队长,到底行不行啊?"

陈队长笑道:"行,那这个艰巨的任务就交给你了。"

"保证完成任务!"王小虎欣喜若狂,挺直腰板敬礼,一溜烟地跑了出去。

陈队长赶紧喊住他,沉声交代:"记住,你可以邀请

同学一起帮你,但你们的首要任务是保证自己的人身安全!"

王小虎在食堂找到了欧阳晴晴、李思特和胖墩,四人选了一个没人会经过的角落吃午饭。吃饭时,王小虎眼里闪着既严肃又兴奋的光芒,小声对他们说道:"何教授怀疑两具遗骸的DNA样本被破坏是商业间谍所为,所以派我查出谁是那个间谍。"

欧阳晴晴惊讶地张开嘴:"间谍?就是电影里的那种间谍?在哪儿?间谍在哪儿?"

王小虎赶紧伸手制止道:"小声点,小声点……不是那种间谍。"

李思特边夹菜边冷静分析:"你这么说的话,确实有点奇怪,那些网上的质疑声来得太突然。我对比过主要几个账号的IP地址,具有高度重合性,像是有一个团队,在对舆论进行专业的引导。"

王小虎琢磨了一下,觉得这次陈队长交代的任务,光靠他一个人是无法完成的。

第七章 抓间谍我可太擅长了

于是,他向眼前的三位小伙伴发出了邀请:"要不,我们组队一起抓间谍吧。"

欧阳晴晴一听,立马扬起下巴道:"我可以加入,但我要当队长。"

"你好厚……"王小虎刚想反驳,对上欧阳晴晴气势汹汹的眼神,瞬间灭了气焰,"你好,队长。"

胖墩凑过来试探道:"找到间谍会有什么奖励吗?"

王小虎不紧不慢地说:"抓到我看到的那个怪人间谍,请你吃炸鸡汉堡套餐。"

胖墩立即敬礼:"王牌情报员请求出战!"

李思特推推眼镜框说:"我好像没有拒绝的理由。"

"那就欢迎加入!"王小虎做了个夸张的鬼脸,和李思特碰了碰拳。

"怪人间谍?"欧阳晴晴捕捉到王小虎话中的细节,诧异地看着他,"你看到间谍了?"

王小虎这才添油加醋地将前因后果说了一遍,特意将陈队长交代给他这项秘密任务的过程浓墨重彩地描述了一番。

"这次行动任务艰巨,间谍可能就在实验室的内部人员中。"王小虎正了正神色,严肃地交代,"我们一定要保守秘密,秘密行动。"

胖墩眨巴着眼睛:"可是,我们去哪里抓间谍呢?"

李思特沉思片刻道:"或许我们可以从与项目相关的信息入手,看看有没有蛛丝马迹。"

大家都面露困惑,显然是没听懂他的意思。

"首先,要去第一案发现场——实验室。"李思特镜片后的目光透着沉稳,耐心地解释道。

王小虎琢磨了一下道:"不对。"

"我觉得应该去间谍消失的那条路上找。"欧阳晴晴提议。

"那条路可以通向园区任何一栋建筑,从那里找没有意义。"王小虎皱着眉头道。

此时,胖墩举起了手。

"胖墩,本队长允许你发表意见。"欧阳晴晴立刻进入了"队长"角色。

胖墩扭捏着说:"我想上厕所。"

第七章 抓间谍我可太擅长了

"去吧。"欧阳晴晴大手一挥表示批准。

"可我不想在这里上厕所,这里人太多了。"胖墩嘟囔道。

最终,三人跟着胖墩来到了园区角落里的公共卫生间。这里虽位置偏僻,但设计得很别致,除了卫生间,还有一条蜿蜒小道和一个凉亭。公共卫生间挨着高高的围墙,围墙像一道屏障,将园区内外隔成两方天地。

在等待胖墩的过程中,王小虎和欧阳晴晴、李思特无所事事地在外边四处走动。

"咦,这是什么?"欧阳晴晴突然问道。

王小虎回头望去,只见她蹲在地上,指着凉亭柱子的根部。

王小虎和李思特忙凑过去,蹲下细看,那里果然有一组数列。

"像是二进制代码。"李思特说。

"这里怎么会有数字?不会是间谍和外面的人传递信息的暗号吧?"王小虎若有所思地问道。

"很有可能。"李思特点点头,只见他的眼镜镜片上

开始浮现出字符，无数个数字像灵活的游鱼一样迅速闪动，就好像科幻电影里的电脑界面一样。他的"最强辅助"——集成了人工智能技术的眼镜计算机，又开始施展威力了。眨眼之间，数字全部消失，李思特说道："按照二进制的算法，算出的是七二五。"

王小虎与欧阳晴晴对视一眼，都在心里默默惊呼：李思特在计算这方面的能力真的强得不像正常人类！王小虎吞了口唾沫说道："有可能数据已经被间谍拿到了，这几个数字或许就代表交易时间……七二五，七二五，难道是七月二十五日？那不是距离今天只剩下不到一周了……"

"抓住他，抓住他，这个人鬼鬼祟祟的！"就在这时，男厕所里突然传出了胖墩的喊叫声。

王小虎还没反应过来，就见一个穿着白衬衫和黑色西装裤的成年男人一边从男厕所里跑出来，一边用手压低帽檐。那人显然没注意到在他的逃跑路线上，竟然还站着三个人。

等发现时，他已经跑到王小虎他们跟前了。王小虎

第七章 抓间谍我可太擅长了

本来还想借此机会看清对方的样貌，可那人戴着帽子、墨镜、口罩，全副武装，遮得严严实实。

"让开！"那人大喊了一声，是低沉的男中音。

王小虎当然不会让开，他挺了挺胸膛，大喊："来……"还没喊完，他就被那男人一撞，整个人像皮球一样弹出去，重重跌坐在地上……

李思特见状，推了推眼镜框就冲上去，伸手想抓住那人，可那人像条灵活的鱼，一闪身，轻松躲过了他软弱无力的一抓……

眼见两个男孩在自己面前被轻松弹开和躲过，欧阳晴晴知道自己已经成了最后一道防线。

"我不会让你跑掉的。"她一字一句地冲那人喊道，同时，挡在了那人逃跑的必经之路上。

那人冷笑一声，丝毫没有减速，继续飞快地向欧阳晴晴冲了过去。

他显然想给她一下猛烈的撞击！

只见欧阳晴晴伸手摸了摸后颈处一块藏在头发里的小小金属片，随后双眼闪过一道寒光，瞳孔一下红了

起来。

那人已经近在眼前,但她一点都不慌,只微微向前曲起身体,肌肉紧绷,像是蓄势待发的猎豹。她身影灵动,侧身一躲,反手抓住他的肩膀猛地一拉,同时伸腿一绊。男人猝不及防,扑通一声摔在地上,狼狈不堪。

他气急败坏地站起身,因为愤怒,完全没留意到一个优盘从他的身上掉了出来,落在了地上。

他面上强撑着冷笑了几声,眼中的诧异却遮掩不住,显然没料到这么一个小姑娘,居然有这样大的力气和格斗技巧,突然爆发出惊人的攻击力。

在最初的震惊过后,他渐渐平静下来,也隐秘地伸手在自己的脖颈后侧轻轻一拂。

欧阳晴晴目光如炬,摆出了电影《叶问》中叶问经常用的起手式——"问路手"。

"我不会让你跑掉的。"她冷冷地重复了一遍这句话。

第八章
虎虎生威侦查小队

"这个人刚才趴在我旁边隔间的地上,鬼鬼祟祟地,不知道在干什么!"胖墩此时也冲了过来,指着那个男人大声道。

王小虎龇牙咧嘴地捂着屁股,看着眼前的局势,大脑飞快转动。刹那间,一个念头闪过——这人形迹可疑,决不能让他察觉大家正在调查间谍这件事,得想个方法糊弄过去。

他灵机一动,马上恶狠狠地盯着那人,同时指着胖墩说:"你!你偷看胖墩上厕所?你得对胖墩负责!"

这话一出,现场顿时一片寂静……

胖墩懵懵懂懂,跟着呢喃了一句:"负……负责……"

还是欧阳晴晴脑子转得最快,立刻附和道:"没错!

你竟然偷看别人上厕所!"

那人擦了擦额上的汗,极力否认:"你们胡扯!"

话音刚落,他便和欧阳晴晴缠斗起来。

王小虎、李思特和胖墩哪见过这阵仗,只能在一旁干着急。王小虎看了几眼就明白了现在的局势:那人虽然刚才被欧阳晴晴绊了一跤,但欧阳晴晴其实完全不是他的对手。不过她并不打算跟他硬碰硬,只想拖住他,所以两人"敌进我退,敌退我进",主打一个"纠缠"。

这里虽然偏僻,但动静这么大,想必也能引起保安的注意,她只要拖到保安过来就赢了。

欧阳晴晴给三个伙伴使了个眼色,示意他们去叫人。

那人显然也看出了她的意图,突然发力踹了她几脚,加速跑到公共卫生间边上。只见他猛地一蹬墙面,整个人腾空而起,双手一伸就抓住了墙檐,再一个翻身上了墙顶,又纵身一跃,竟然跃过电网,消失在了围墙之外……

眼见那人就这么逃走了,欧阳晴晴气得直跺脚,冲着三个男生吼道:"你们三个在干吗,为什么不帮我把他拦住?"

王小虎苦着脸，捂着屁股道："我都摔了个屁股蹲儿了，现在还疼呢。"

李思特不好意思地躲避着欧阳晴晴的目光："惭愧，惭愧，鄙人一介书生，擅文不擅武……"

胖墩也低头，吞吞吐吐："我……我跑不快……"

"算了！"欧阳晴晴气呼呼地摆摆手，"我猜那人就是接应间谍的人，他知道实验室一定会在晚上加强安保，所以才在白天来这里查看间谍留下的信息。就是不知道，除了日期外，他们还交换了什么……"

"这个……刚才那人和队长打得正激烈的时候，从他身上掉下了这个……"胖墩从衣服口袋里拿出了刚才捡起的优盘。

王小虎一把抢过优盘，兴奋地叫道："胖墩，你立功了！这一定就是他们要交易的东西。"

事关重大，四人赶紧拿着优盘找到了何教授和陈队长，把刚才的惊险经过一五一十地说了。

何教授拿出一台并不联网的笔记本电脑，把优盘插进了电脑："这样就算它有病毒也不会破坏实验室的网络。"

第八章
虎虎生威侦查小队

然而，打开优盘后，里面居然只有一个包含无数数字的文档。

陈队长一看，叹气道："这是加密数字代码，我马上让技术侦查组的计算机专家过来一趟。"

见此情形，李思特插嘴问道："我可以试试吗？"

陈队长笑起来："差点忘了，李思特同学可是大名鼎鼎的计算机高手啊，那么就请你帮我们解开这串数字代码。"

李思特坐在电脑前，手指飞速地在键盘上敲击，一串串代码在屏幕上滚动。很快，笔记本电脑上出现了破解密码的进度条，十几秒钟后，他云淡风轻地说："破解成功了，是一段演示视频。"

陈队长和何教授对视一眼后点了点头。虽然一开始他们就知道这个由几个孩子组成的侦查小队里全是能人异士，但亲眼见识到他们的能力后，还是震惊不已。刚才听说欧阳晴晴和一个格斗能力高超的成年男性对打不落下风，他们已经觉得很不可思议了，现在再看到李思特展现的能力，更是在心中感叹："确实是一山更比一山高，这些孩子不简单啊！"

李思特点击了一下视频的播放按钮，电脑屏幕上开始出现关于实验室DNA鉴定和容貌复原技术的关键信息……

视频很短，只有十几秒钟，却包含着大量机密信息。视频播完后，刚放松下来的气氛又紧绷起来，众人都陷入了沉默，大家都明白事情的严重性。

陈队长沉思片刻后，缓缓说道："果然，我们一开始的判断是对的。这并不是一起单纯的DNA样本恶意污染事件，而极有可能是商业间谍案。这个视频是给买方看的，间谍留下的日期，买方肯定也已经看到了，接下来等他们确定交易地点，就可以完成交易了。"

欧阳晴晴怒道，"为什么坏人想盗取我们的DNA技术？"

何教授语气坚定，掷地有声："因为今天，我们的DNA技术已经走在了领先的道路上！"

何教授的话，让王小虎瞬间热血沸腾，他"啪"地站直了身子，慷慨激昂地说道："只要何教授、陈队长需要，我王小虎一定竭尽全力地保护好我们的技术！"

胖墩跟着说道："还有我！我陶力，我……我也一样。"

第八章
虎虎生威侦查小队

李思特也站起身来:"加上我的话,我们成功的概率起码超过90%!"

欧阳晴晴下巴一扬,豪迈地说:"当然不能少了我这个队长,这个小队就由我来守护吧!"

陈队长听完大家的轮番"宣言"后,脸上露出了欣慰的笑容,乐呵呵地问道:"哦,你是队长啊,那你们这个小队叫什么名字呢?"

王小虎脱口而出:"叫'虎虎生威侦查小队'!"

欧阳晴晴有些不满他抢先回答:"我是队长,队名应该由我来取!"

王小虎也不退让:"队伍是我组建的,队名当然要听我的!"

"我觉得这个队名挺好的。"李思特推推眼镜框。

胖墩说:"我也这么觉得。"

欧阳晴晴看了看李思特和胖墩,犹豫了几秒,还是耸耸肩笑了。

"好吧。"欧阳晴晴点了点头,"那么,本队长宣布,我们小队就叫'虎虎生威侦查小队'!"

DNA 知识卡

中国DNA技术的领航之路

在DNA技术的研究与应用方面，中国已凭借卓越的科研实力与创新成果，站在了世界前列，成为该领域的领航者。

面对复杂的DNA污染难题，我国的科学家们构建起了一套严密的防护体系。从研发出能精准过滤空气中的细菌和灰尘的超净实验室，到发明可瞬间灭菌的新型工具，再到制定严格规范的操作流程，这些成果让中国在DNA样本纯净度保障方面领先全球。

在攻克受损DNA样本的技术瓶颈上，中国更是独树一帜。高通量测序技术与微量修复技术是中国科学家手中的两把"利剑"。高通量测序技术能帮助科研人员在短时间内对海量DNA片段进行并行测序，极大提升了基因信息的读取效率；而微量修复技术则可以被用于对断裂、降解的基因链条进行精准修复。通过两者的完美配合，即使面对那些历经岁月侵蚀严重受损的DNA样本，我国的科学家们也能从中提取出关键信息。这一技术突破让许多国外科研团队赞叹不已。

第九章

失踪的欧阳晴晴

静谧的走廊里，骤然响起一阵急促的脚步声。一个身影闪进何教授的办公室，凑到陈队长耳边低语了几句。陈队长听后，神色渐渐凝重，点了点头，那人就离开了。

陈队长说："调查结果出来了，基本可以认定，内部间谍在亭子上留下的二进制数字，是为了告诉买家交易日期。而那个优盘，是内部间谍放在园区公共卫生间的马桶下面的。来拿优盘的人趴在地上取优盘时正好被胖墩发现……"

王小虎等人连连点头，调查的结果和他们的猜想差不多。

何教授眉头紧锁，目光灼灼："能查出这个内部间谍

到底是谁吗？"

陈队摇了摇头，沉声道："那个地方是监控死角，还无法确定。"

何教授略加思索后说："现在不能打草惊蛇。陈队长，你的人还是得在实验室里以检查安保系统的名义，继续秘密调查。"

"明白，我也这么想。"陈队长接过话，眼神里闪过锐利的光，"对方蛰伏这么久，肯定在暗处盯着我们的一举一动。一旦有大动作，他们必然察觉，不但所有线索都会断，还有中止交易的可能性，那就更难抓住他们了。"

何教授缓缓起身，斩钉截铁地说："这些研究成果关系重大，绝对不能落入不法分子手中！"

陈队长看向"虎虎生威侦查小队"："看来最稳妥的做法，还是要麻烦你们几个继续协助寻找商业间谍的接头地点了。"

"啊？我们又有任务了？"王小虎的眼睛瞬间亮了起来，兴奋之情在眼底流转。

"陈队长说得对，你们是一支可靠的团队。"何教授

第九章
失踪的欧阳晴晴

语重心长,目光扫过每一个少年,"王小虎智勇双全,欧阳晴晴武艺高超,李思特是计算机天才,胖墩……也是一个活泼可爱的男孩。"

胖墩挠了挠头,一脸疑惑:"何教授是在夸我吗?"

"你们或许可以在不惊动对方的情况下找到突破口,暗中协助我们确定交易地点,最终抓住商业间谍。"陈队长凝视着小队队员,满怀企盼的目光落在他们身上。

四位少年立马挺直腰杆,异口同声道:"保证完成任务!"

走出何教授的办公室,王小虎心潮澎湃,久久不能平静:"陈队长居然这么信任我们!大家先别回去,我们找个地方一起商量下,想想下一步的计划,究竟要怎么行动才能拿到间谍的接头地址。"

欧阳晴晴却突然开口,声音里有几分异样:"你们商量吧,本队长要暂时退出小队。"

"太好……"王小虎咧开嘴刚想笑,瞥见欧阳晴晴的表情,赶紧把嘴边的话咽回去,硬生生地压下了翘起来的嘴角,"队长,不是,欧阳晴晴,怎么好好的突然要

退出?"

"我有点不舒服。"她一拉裤腿,指着自己又青又红、高高肿起的小腿,苦笑了一下,"和间谍打斗受了点伤,我想先回家冰敷一下。"

胖墩看着欧阳晴晴的腿瞪圆了眼睛,叫道:"这叫有点不舒服?你的小腿都快成红烧酱肘子了!"

"你快回家休息吧!"李思特的声音里也尽是着急。

"队长,要不要我送你回去啊?"王小虎连忙凑上去,殷勤道。

"不用了,我宁愿让胖墩送。"欧阳晴晴瞪了他一眼。

欧阳晴晴走后,王小虎三人找了间便利店,凑在一块儿一边喝饮料,一边讨论怎么寻找间谍接头的地点。

不知不觉,暮色漫上天空。王小虎的手机突然响了,是欧阳晴晴的妈妈周阿姨打来的。

"小虎啊,阿姨还在加班,晴晴有没有跟你们在一块儿?她刚才跟我说要回家,还说回到家后告诉我,可我等了一个小时了,她都没给我打电话。就在刚才,她的手机也关机了。"周阿姨的声音里透露着掩饰不住的焦虑。

第九章
失踪的欧阳晴晴

"什么？她还没到家？"实验室离欧阳晴晴的家不远，走路十几分钟就到了。这也是她会选择参加这个实验室活动的原因之一——近，太近了。可现在，这短短的距离却像横亘着的深渊，让大家不由得心慌起来。

欧阳晴晴是单亲家庭的孩子，爸爸很早就去世了，妈妈在一家规模很大的高科技公司工作。欧阳晴晴脾气火暴，没有太多合得来的朋友，也就是说，她除了回自己家，不太可能去其他地方……

三位少年面面相觑，都在对方的眼睛里看到了三个字：有问题！

在天空还剩最后一抹夕阳的时刻，他们来到了欧阳晴晴家，站在门口按响了门铃。清脆的铃声在安静的楼道里响着，却没有人应答。

他们等了一会儿，门始终紧闭。

回想欧阳晴晴在回家前说过的话，他们更加笃定：她肯定碰上了什么危险！

王小虎皱着眉说："我们进屋里看看。"

"可是我们没钥匙啊！"李思特叹气道。

"是啊,我看还是算了。天黑了,有点吓人。"胖墩看了看逐渐暗下来的天色,缩到王小虎身后。

王小虎却轻车熟路地走到大门旁的花坛,从第一盆花的盆底,掏出了一把钥匙。

"欧阳晴晴的妈妈告诉我备用钥匙放在哪了。"看到两人疑惑的眼神,王小虎不得不解释一下。

李思特问:"为什么?"

"什么为什么?"

"为什么阿姨要告诉你钥匙放在这儿?"

王小虎被问得有点儿烦了,回忆了一下。事实上,他很小就知道备用钥匙在这里。那时候周阿姨经常加班,欧阳晴晴是个大条的姑娘,经常忘带钥匙,所以阿姨特地留了钥匙在门口,方便欧阳晴晴回家。王小虎是她家的常客,自然也知道备用钥匙这件事。

不过,欧阳晴晴最讨厌别人在背后揭她短了……他琢磨了下,还是决定不说出实情。

"什么跟什么呀……"王小虎插入钥匙,轻轻转动门锁,"吱"的一声,门打开了。他说:"我们还是快找欧

第九章
失踪的欧阳晴晴

阳晴晴吧。"

就在门打开的瞬间,一阵大风袭来,三人都被吹得一阵哆嗦,像风中摇晃的树苗。

"乒乒……乒乒……"屋内传来窗户猛烈的撞击声,听起来异常刺耳。

"里面有人!"王小虎眼尖,看见一个人影在大门打开的瞬间一闪而过。三人一下警觉起来,迅速冲入屋内。

胖墩指着窗台惊呼:"在那!"

王小虎三步并作两步冲向阳台,却见那个人影已经跳下了阳台,捂着一侧大腿跟跄着跑远了……

他立刻回头查看阳台,在阳台的一个尖角处发现了一些碎布屑。

"这应该是刚才那人跳下阳台时留下的裤子碎屑。"

他马上从背包里取出镊子和密封袋,将碎布屑密封保存起来。

"检测一下这个裤子碎屑,运气好的话,上面说不定有那人的皮肤组织,那样就可以提取他的DNA信息了。"王小虎暗自庆幸这几天在华夏DNA实验室里学到了不少,

这会儿派上用场了。

接着,他又在阳台上发现了一个鞋印,应该也是刚才跳落阳台的人留下的。虽然只是目测,但他觉得,这个鞋印和那天他们在园区遭遇的那个男人在围墙上留下的那个鞋印差不多大。

回到屋里,三人又仔仔细细地进行了一次"地毯式"搜索。房间里凌乱得像被台风席卷过,衣物、杂物散落一地,显然有人急切地翻找过。

"我们还是快点把情况跟陈队长汇报一下吧。"王小虎拨通了陈队长的手机号,语气里有几分焦急。

"陈队长,欧阳晴晴失踪了,有人来她家里翻找过……"王小虎说道。他还对目前的情况进行了一番推理:欧阳晴晴应该是在回家路上被人掳走的,因为家里没有发现她的书包。掳走她的人以及掳走她的目的,很可能还是和那桩商业间谍案有关。如果陈队长他们检测出她家中的鞋印和园区围墙上的那个相同,这一点就可以确定了。

电话那头,陈队长叮嘱道:"侦查人员马上就到,安

DNA：追踪犯罪分子的科学密码

　　DNA不仅承载着人类的遗传信息，更像一位不知疲倦的"现场目击者"：门把手上的汗渍、烟蒂里的唾液斑、衣物纤维间的皮屑，甚至是口罩内层残留的呼吸黏膜细胞，都是DNA的"藏身之处"。

　　这些看似微不足道的生物痕迹，实则是由数千万个细胞组成的"证据库"——每个细胞的细胞核里，都蜷缩着长达两米左右的DNA链条，其中蕴含的遗传标记，就像人类个体的"生物条形码"，在全球八十多亿人中找不到两个完全相同的编码（同卵双胞胎除外）。

　　在DNA检测过程中，法医会用无菌棉签轻拭可疑区域，或用专用试剂显影潜在的生物斑迹，再将样本放入贴有唯一编号的防污染密封袋。样本进入实验室后，首先接受的是"细胞破壁"处理——通过化学试剂溶解细胞膜，让细胞核内的DNA游离出来；而"聚合酶链式反应（PCR）"技术则可以将纳克级的DNA模板在数小时内拷贝扩增出万亿份。因此，即便是微小到不能再微小的DNA痕迹，最终也将成为犯罪分子的"遗传判决书"。

全起见,你们几个快回实验室吧。"

王小虎回答"知道",随后挂断了电话。

就在他准备和李思特、胖墩一起回实验室时,他看了一眼手机,发现欧阳晴晴居然发了一个朋友圈。

大家心中一下燃起了希望。但细看之下,这朋友圈的内容竟是一串毫无规律的乱码。

李思特惊叹不已:"队长到底是队长!居然能发来一串多重加密的密码!"

"解密这种事情,就交给我吧。"李思特迫不及待地掏出他的笔记本电脑,输入了那串乱码。他的手指在键盘上飞速敲击,很快便满头大汗。"我的自动解码程序,居然无法解开队长编写的多重加密密码!三重解法不行,五重解法也不行……难道、难道这是一个十重加密密码?"

王小虎轻轻合上了李思特的笔记本电脑:"不用继续解码了,我已经解开了。"

李思特惊讶道:"你、你解开了?"

王小虎点点头,说道:"因为这根本不是多重加密密码,它甚至不是密码,它就是一串乱码。"

第九章
失踪的欧阳晴晴

胖墩听得一头雾水:"乱、乱码?"

"欧阳晴晴根本没有能力编写密码,所以她发了什么内容并不重要,重要的是这条朋友圈下面的定位。"

说着,王小虎指指这条朋友圈下面的定位:东路里三号。

第十章
救出欧阳晴晴

三人不敢有丝毫耽搁,迅速叫了一辆网约车,离开了欧阳晴晴家。王小虎一上车就给陈队长打去了电话,声音里满是焦急,仿佛要把担忧顺着信号传递过去。

东路里在夜色中像一头沉默的怪兽。这是一片废弃的老建筑,岁月的痕迹肆意爬满墙面,其中几栋房屋已经破败不堪,窗户空洞洞的,许久没有人居住,透着说不出的阴森。

王小虎看着只有零星灯光的东路里,想到欧阳晴晴虽然人高马大、武艺高超,但她十分怕黑,心中就焦急万分。

"必须尽快救出欧阳晴晴。"王小虎暗自琢磨,"可这

第十章
救出欧阳晴晴

里这么大,她到底在哪里呢?"

他和李思特、胖墩潜伏在墙角下,像伺机而动的猎手,琢磨着怎么找到欧阳晴晴的具体位置。正在此时,一声厉喝从身后传来。

"王小虎!"

王小虎回头一看,又惊又喜,来人正是陈队长。

陈队长面色严峻,质问道:"不是让你们马上回实验室吗?怎么跑这里来了?"

"陈队长,你怎么来得这么快?"

看着王小虎三人焦急又为难的表情,陈队长叹了口气道:"既然你们来了,那就留在这里吧,但是切记,一切听从指挥。"

"遵命!"三人像士兵那样向陈队长敬礼。

陈队长笑道:"跟我来吧!"

他们跟着陈队长钻进一辆伪装车内,这才知道,欧阳晴晴的手机总共开机了二十三秒钟。在这短暂的二十三秒里,她先是拨通了报警电话,说明自己被绑架了,随后又发了一条带定位的朋友圈。由此,公安人员迅速

确定了她的位置,陈队长立刻赶到了东路里。

陈队长不得不感叹,欧阳晴晴能在二十三秒之内报警,又迅速利用朋友圈的定位功能,告诉大家她被困在什么地方,这种反应能力和处变不惊的本事,已经远远超越了这个年纪的孩子所能具备的素质。

王小虎想起放在书包里的碎布屑,马上把它拿出来交给了陈队长。

陈队长高兴地点头,说道:"如果这上面有那人的皮肤组织,那么,利用DNA快速检测技术,只需几十分钟甚至十几分钟,我们就能完成分型比对!"

陈队长把碎布屑交给一名下属,随后拿出一份建筑图纸。

"欧阳晴晴肯定在一个没有窗户的房间里面。"陈队长指着东路里的建筑图纸分析,"要不然她会直接告诉警方她在哪里。因为从这里的窗户往外看,一眼就能看出来自己被困在什么地方。只是,东路里三号一共有十二个房间,没有窗户的有四个……"

王小虎点头附和:"没错,所以我们要先确认她在哪

快速DNA检测设备

快速DNA检测设备能够将检测周期从传统的24小时压缩至90分钟。这种便携式仪器宛如"基因速记员",能在案发现场直接完成从样本提取到分型比对的全流程,让警方在追捕行动中实现"即时验证、即时锁定"。

要知道,罪案一旦发生,警方的追查就是在和时间赛跑。2023年某高速路口设卡盘查时,民警携带的快速检测仪在15分钟内确认了某司机的DNA与盗窃案现场样本匹配,成功防止了嫌疑人的逃脱。

个房间。"

大家还在和陈队长想着办法,一名便衣警察跑进来说:"陈队,东路里三号有人刚点了外卖,还注明了房间号。外卖员得知里面有人涉嫌绑架后,就不敢进去了。"

陈队长一怔,心想,是歹徒点的外卖?歹徒不会就这样轻易暴露自己的位置吧?他思索片刻后道:"让我们的人替换外卖员上吧。"

便衣警察摇头道:"不行,刚才我跟外卖员确认过了,对方曾要求他拿到外卖后发照片,他拍的照片中有自己的头盔,而头盔上的遮阳镜清晰地映出了他自己的样貌……"

陈队长用右手轻轻摸了摸下巴,喃喃自语道:"没有外卖员送餐进去,就无法获取内部真实的信息,要不要直接冲进去救人?万一里面的歹徒比预期的多怎么办?"

王小虎举手请缨:"陈队长,我们可以去!让我们去吧?"

陈队长看了眼王小虎道:"不行,第一,这太危险了;第二,犯罪分子知道外卖员的长相,你们冒充不了他。"

第十章
救出欧阳晴晴

王小虎道:"我们不需要冒充外卖员。我们可以伪装成在附近玩耍的孩子……"

陈队长琢磨了一下,终于点头。

"……行,那你们准备一下。记住,你们的任务只是要对方打开门。你们把胸口的针孔镜头对准屋内就行,千万不要进去。我会安排一名狙击手,如果有危险,他会立刻开枪,击毙犯罪分子。"

"得令!"得到陈队长的应允,可以在救欧阳晴晴这件事上出力,王小虎高兴地差点跳起来。

在陈队长和便衣警察给他们三人装针孔摄像头的空当儿,王小虎还不忘安排每个人的任务。

"李思特,一会儿你这样……胖墩,一会儿你那样……"

他说得有模有样,陈队长听在耳中,心中暗自赞许。当初在王小虎的个人评价报告上,他看到的可是"成绩中等,遇事犹豫,缺乏勇气"。现在看来,这些评价并不准确。

"王小虎和小队里的其他孩子一样,都在成长。"陈

队长心中感慨。

王小虎、李思特和胖墩按照计划，装成从附近溜到"秘密基地"里玩耍的孩子，吵吵闹闹地跑到了点外卖的那间半地下室门口。

三人对视一眼，随后王小虎对着大门又敲又踢，嘴上还大声嚷嚷："奇了怪了！今天这门怎么打不开呢！"

里面的人受不了巨响，打开了大门。一名壮年男子站在门口，手里拿着咬过的红辣椒，穿着背心，满脸横肉，汗如雨下，模样狰狞可怖。

"什么事？"那男子眉毛一横，凶狠的目光慢慢扫过三个少年的脸。三人俱是寒毛乍起，出了一层薄薄的冷汗。

"什么事？我还没问你们什么事呢！你们怎么占了我们的房间？这是我们的秘密基地！"王小虎努力镇定下来，假装要往屋内闯，好让纽扣上的针孔摄像头拍到里面。

中年人伸出一条手臂来拦住他："胡说！这怎么是你们的秘密基地了？我们来的时候这里根本没有人！"

第十章
救出欧阳晴晴

"我就说嘛,这不是我们的秘密基地,你记错了。我们的秘密基地在四号,对吧,胖墩?"李思特按照计划,把话头给胖墩,只要胖墩表示认同就可以了,之后两人就合力,拉着王小虎离开。

没想到见到开门人的可怕样子后,胖墩竟然浑身僵硬,像被施了咒语,无法动弹。更糟糕的是,他完全忘记了自己要说的台词,只是一个劲儿地扯着嘴角,像是要说话,却只发出了恐惧又瑟缩的笑声。这要是演戏的话,导演就会直接喊"咔",然后重拍了。

但这不是演戏!

见胖墩愣在原地,那男子面露疑色,一边打量着眼前的三个孩子,一边慢慢把手伸向身后——王小虎眼神一凝,意识到他身后有武器!

与此同时,远处的狙击手也发现了情况,扣紧了扳机……

"走,把你的傻弟弟带回家!下次去秘密基地你要是再带上他,你就不是我朋友。"见情形危急,王小虎当下脑子一转,决定演一出"发火"。他"怒气冲冲"地一把

将胖墩推到了李思特面前,脸上满是嫌恶。

李思特见此情形,赶紧拉着胖墩往后退,面上还配合地露出几分无奈和歉意。

中年男子放下了戒心,伸到背后的手也收了回来。他看了看三个快要打起来的少年,没好气地说:"脑子傻就别出来,要吵架去别的地方吵!"

王小虎、李思特连连点头,推着胖墩就离开了门口。等走出东路里三号,三人才舒了一口气,胖墩更是整个人瘫坐在地上,不停地说"对不起"。

"没关系,这不是有惊无险嘛!"王小虎伸手拍了拍胖墩的肩膀,安慰道。

因为王小虎完美的拍摄角度,陈队长一下就摸清了屋内歹徒的人数和分布,迅速制订了营救计划。他也看到了欧阳晴晴被人捆住双手,绑在了一把椅子上。"欧阳晴晴没法触动脖子后面芯片的启动开关,难怪被人擒住了。"

这时,那位便衣警察再次进来报告情况:"陈队长,歹徒刚才又给外卖员打了电话,要求他三分钟内赶到。

第十章
救出欧阳晴晴

外卖员说对方说话的语气很怪,像是在试探他。"

陈队长看了一眼王小虎他们。三人一听情况有变,神情都凝重起来。陈队长迅速做出判断:看来那几个歹徒还是察觉到什么了。不能等了,必须马上救人。

"怎么办?陈队长?"便衣警察等待着指示。

"把外卖员的头盔给我,我扮成外卖员,你们看我的手势行动。"陈队长冷静地下达指令。

戴上头盔后,陈队长再次叮嘱其他警员:"记住我们的目标,一切以确保欧阳晴晴的安全为先"。

考虑到接下来的营救非常危险,陈队长让王小虎、李思特和胖墩在伪装车内等待,而他则带着十二名便衣警察,靠近了歹徒所在的房间。

"咚咚!"陈队长低着头,敲响房门。

"谁啊?"屋内的人问道,听声音显然是之前给王小虎开门的那个恶汉。

"外卖!"陈队长故意装出一副不耐烦的腔调。

门开了一条小缝,那恶汉透过门缝细细地打量着陈队长。陈队长心中一凛,但面上还是寻常神色,递上外卖

"磨磨叽叽的,在电话里又催得那么急。"陈队长故意发牢骚,"门开大一点,拿走外卖吧!快点,我还要跑下一单呢。"

恶汉打消了疑虑,放松下来,打开门接过外卖。

等的就是这个时候!接下来,只要陈队长确定屋内欧阳晴晴身边的状况,随后举起手,十二名警员就会跟着他冲进屋内,按照计划解救欧阳晴晴。

"让他摘下头盔,我看看。"就在他准备一拳击打恶汉喉部,令其在一秒内昏厥时,屋内突然传出另一个人的声音。

恶汉听到提醒,又警觉起来:"你,摘下头盔!"

陈队长的后颈上渗出一层薄汗。如果他摘下头盔,对方一定会马上发现他并不是外卖员。这可怎么办?

看到恶汉身后人影浮动,陈队长知道里面的人已经起疑了。但如果无法确定欧阳晴晴身边的情况,就贸然冲进去,万一有人正拿着武器胁迫她呢?

陈队长紧张地思索着对策。

这时——"看铁蹄铮铮……踏遍万里河山……"

第十章
救出欧阳晴晴

陈队长一怔：我的手机铃声！

他马上对恶汉抱歉道："不好意思，我先接个电话。"

恶汉点点头，一脸狐疑地盯着眼前这个疑点重重的外卖员。

陈队长看一眼来电，是个陌生号码。他接起电话，里面传来了王小虎的声音。

"陈队长，李思特破解了绑匪的手机摄像头。你点开我发你的链接，就可以看到房间里面的情况了。"

陈队长悬着的心放下来几分，冲电话那头暗含赞许地答复："好。"

他边说话，边非常自然地转过身背对着恶汉："行，我马上发给你地址，你快帮我把菜送过去，我这里的人太磨叽，耽搁了。"

实际上，他点开了刚接收到的链接，手机一下就接入了一个摄像头视角。从画面判断，应该是恶汉塞在屁股兜里的手机摄像头的视角。

陈队长马上就看清了里面的状况：恶汉在门口询问；他身后躲着一个人，拿着一把大刀，跃跃欲试；欧阳晴

晴坐在房间中间，嘴上贴了胶带。在她身边，一左一右站着两人，一人正拿着刀抵在她的脖子上，另一人则什么都没拿，但却时不时望向身后的一个黄皮行李箱。

那箱子里面肯定有问题！这点是制订计划时没有考虑到的地方。

陈队长马上有了新的办法，他迅速把视频共享给其他警员，随即转过身，笑着对恶汉说："你看我手势。"

说完，他迅速比画了全新的行动方案：我负责靠近门口的两人，狙击手击倒拿刀挟持欧阳晴晴的人，其他人进入屋内后，负责控制另外一个人，千万不能让他接触到后面的黄皮行李箱。

陈队长利落地比完手势后，问恶汉："看懂了吗？"

恶汉摇摇头："没看懂。"

"没看懂就对了。"陈队长迅速脱下头盔，握在手中，自下而上，一下砸在了恶汉的下巴处。恶汉还没来得及有任何反应就瞬间倒地，晕了过去。

随后，陈队长推开门，机敏地躲过了门后挥来的一刀，又是一头盔砸中持刀人的脑门。那人当即眼冒金星，

第十章
救出欧阳晴晴

一头栽倒在地。

与此同时，狙击手一枪击中挟持欧阳晴晴的那名匪徒的胳膊，那人手中的小刀掉落在地。他胡乱嘶吼着，想要用另外一只手去掐欧阳晴晴的脖子，却看到一个飞过来的头盔！他还没反应过来，就被砸中了鼻子。

出乎陈队长意料的是，此人看着精瘦，但比之前两人还要抗揍。在这种情况下他都没有摔倒，只是擦了一下流出的鼻血，面对着冲进来的一群警察，居然还想要弯腰去捡地上的刀。陈队长迅速近身，随即一招锁喉，双脚夹住他的脖子，反手控制住了他想拿刀的手。

那个一直盯着黄色行李箱的人见到同伴一一倒地，就迅速朝箱子冲去。陈队长可以确定那黄皮行李箱里的东西绝对非常危险。其他警员丝毫不掉链子，在这名歹徒即将碰到黄皮箱前，顺利将其按倒。

陈队长上前小心翼翼地打开行李箱，果然在里面发现了自制炸药。他暗自庆幸：这要是被引爆的话，这房内所有人只怕都活不下来……

当一名特警抱着虚弱的欧阳晴晴走出来时，王小虎

激动得语无伦次："欧阳晴晴，你没事吧？没事吧？太好了，太好了！"

"我什么都没有说！"一见到老朋友们，欧阳晴晴的眼泪就再也止不住了。她的手无力地攥着王小虎，声音虽虚弱，却是激动的。被关了十几个小时，再加上被绑架后，由于害怕所造成的心理负担，她此时已经连喝水的力气都没有了。

"他们趁我不注意，绑住了我的手。我没机会启动芯片……他们问我怎么会发现他们的暗号，问我是不是在查他们，问实验室里是不是已经有警察了……但我，但我什么都没有说。中间我趁他们不注意打开了手机，因为手被绑着，就乱按一通。我想你们可能会知道我的用意，没想到你们真的想到了。小虎，我还以为这次我回不了家了……"

话音刚落，欧阳晴晴就昏睡过去。王小虎三人站在一旁，眼里尽是担忧和劫后余生的庆幸。东路里三号的夜色，似乎也因为这场胜利，多了几分暖意。

第十一章

交易地点的诡计

王小虎、李思特和胖墩一晚上没睡,和周阿姨一起守在欧阳晴晴的病床前,安静地等待她醒来。

"有件事我总觉得很奇怪。"天快破晓的时候,王小虎轻声道,"我一直觉得这事透着古怪,间谍怎么会知道欧阳晴晴因为受伤,要回家休息呢?"

"没错,这点确实很奇怪。"李思特同样压低了声音,若有所思,"除非那个间谍和我们很熟……"

说完两人看向了胖墩。

"你们看着我干吗?不会是怀疑我吧?拜托,我们从幼儿园开始就是同学了……"胖墩瞪大了眼睛,急得直摆手。

王小虎忍俊不禁,说:"当然不是怀疑你,而是想听听你有什么想法。"

王小虎这么说,是有原因的。从小到大,胖墩看似常出"状况",可偶尔的那些天马行空的胡思乱想,总能像奇妙的魔法般,在关键时刻发挥作用。让王小虎印象最深的,就是小学时他和胖墩、欧阳晴晴溜去学校后山玩,本来只是去扑蝴蝶的,结果胖墩没带网兜,而是带了一背包零食和三条小毛毯,还说万一迷路了也不会饿死和冻死。结果那天真的突降暴雨,他们被困在山顶的破庙里,就靠胖墩带的零食果腹,还用他带的毛毯取暖,这才熬了过去……

"和我们亲近的人?我觉得都不可能。这件事儿哪里都藏着蹊跷。"胖墩说完,肚子咕噜咕噜地叫了起来,他捂着肚子,不好意思地笑道,"肚子抗议了。"

这时,护士进来检查欧阳晴晴的状况,看到三个孩子熬红的眼睛,笑着安慰他们道:"我刚检查过了,她的身体没有问题,但是遭遇了这么可怕的事情,大脑过于疲惫,需要好好睡一觉,等她睡足了就会醒过来。你们

第十一章
交易地点的诡计

也别硬撑,快去边上睡一会儿吧。"

听护士这么说,三人悬着的心总算放下了。

王小虎让李思特和胖墩抓紧时间睡一会儿,他看着欧阳晴晴就可以了。可两人谁都不肯先睡,像是在暗暗较着劲儿。他只能无奈地表示:"那你们看着欧阳晴晴,我去楼下买点早饭,胖墩的肚子都抗议了。"

李思特站起来说:"那我陪你一起吧。"

那家早餐店离医院只有几十米,在送欧阳晴晴过来的路上,王小虎就已经留意到了。

"老板,我要买四份驴肉火烧和豆腐脑,打包。"王小虎站在店门口喊。

不一会儿,老板就提着打包好的早餐走到门口。王小虎举起手机,准备扫码付款,却注意到李思特正站在那儿,一动不动地看着店内的电视,他便也瞟了一眼。原来,电视上正在介绍华夏DNA实验室的"烈士寻亲"项目,特别提到了之前"反对复原叛徒容貌"的抗议活动。屏幕上正出现举着抗议牌子的人群。

突然,李思特转过了身,对王小虎激动地说:"我知

道交易地点了!"

"神秘买家和实验室的间谍其实早就已经约定好了交易地点!"

"这个约定发生在众目睽睽之下,发生在无数观众面前!"

"众目睽睽之下?李思特,你好好说清楚呀!"王小虎有些摸不着头脑。

"走,我们回去说。"

两人拿着早餐,恨不得脚踩风火轮,飞速往医院赶。

回到欧阳晴晴的病房后,王小虎把早餐往床边柜上一放,就拽着李思特的手臂,急不可耐地说:"你快告诉我!"

"你们在说什么呀?"胖墩看着早饭咽了咽口水。

"我先给你们看一段视频。"李思特拿出手机,搜出了那天实验室门口发生抗议时,一些博主拍摄的抗议画面。

他很快找到了早餐店电视上播出的那段视频。

"仔细看,然后说说问题,我想印证一下我的想法。"

看完视频后,王小虎皱起眉头,手指托住下颌,陷入沉思中,而胖墩则依旧一脸茫然。

第十一章
交易地点的诡计

"问题是不是在那个小孩举着的抗议纸板上?"王小虎的眼睛突然一亮,伸出手指拖动进度条,把手指指向了静止画面上的那块抗议板。

"没错!"李思特点头,拍了拍王小虎的肩膀道:"我们这就去找何教授。"

胖墩听得云里雾里,听到抗议板有问题,他也凑近屏幕再次细看,可依然没发现有什么问题。

"上面不就是写了'坚决反对为汉奸寻亲'吗?有什么问题?"

王小虎笑笑:"胖墩,有个重要任务交给你。"他特地强调了"重要"二字。

"什么重要任务?"胖墩瞬间来了劲。

"你留下照顾欧阳晴晴,我和李思特去找何教授。"王小虎说道。

胖墩一听不乐意了,连忙摆了摆手:"不行不行,这哪里是重要任务?作为团队里年纪最大、体重最大、身材最高的一员,我申请承担更加重要的责任!"

"你错了。"王小虎耐心解释,"我觉得神秘买家可能

还会对欧阳晴晴下手,所以你留在这里保护她,就是我们当下最重要的任务。"

"好,现在我明白了!"胖墩一拍胸脯,像个英勇的骑士,"那你们去吧,有我在这里,谁也别想动欧阳晴晴一根汗毛!不过,你们走了,这顿早饭怎么办?"

王小虎一愣,他还真没考虑早饭的问题。他说:"护士说欧阳晴晴快醒了,早饭就你和她一起吃吧。你不许把她那份也吃了哦。"

胖墩连连点头:"去吧去吧,这里交给我。"

王小虎和李思特走后,胖墩立马搬了个凳子摆在病房门口,随后一屁股坐上去,充当起了忠实的卫士。

"要想伤害欧阳晴晴,除非从我的身上碾过去!"胖墩盯着走廊,自言自语道。

另一边,在实验室的办公室内,何教授和陈队长专注地看完了李思特展示的视频。

"你们看这个牌子。"李思特指着抗议板开了口。

牌子上面写着"坚决反对为汉奸寻亲"。为了美观,

第十一章
交易地点的诡计

写牌子的人还在这行文字周围画上了装饰花纹。

他指着这圈装饰花纹说道:"问题就在这里。这不是普通的花纹,它其实是一串数字,而且是一串镜像数字。有人把镜像数字连在一起后,伪装成了装饰花纹。看到的人只要重新按镜像还原它,就能知道这几个数字了。"

事实上,正是因为在早餐店看到透过玻璃门的镜像反射,他才发现了间谍的这个把戏。

"何教授,您这儿有镜子吗?"李思特问道。

何教授从抽屉里拿出一面镜子递给了他。他对照着镜子中的镜像,把数字一一还原记录下来。

陈队长盯着看了一会儿道:"这应该是一个经纬度坐标。"

何教授扶了扶眼镜,点头道:"没错,它标记的位置就在我们实验室附近——花漾山!"

第十二章

间谍真正的计划

"好,那我们就在花漾山守株待兔,给他来个人赃俱获!"陈队长的眼神中透露出志在必得的坚定。

抓捕工作定在五天之后,王小虎和李思特回到医院,打算把这个好消息告诉胖墩和欧阳晴晴。可他们推开房门后,却发现屋里空荡荡的,不仅胖墩不在,就连原本应该躺在病床上的欧阳晴晴也不见踪影。

王小虎瞬间慌了神,撒腿就往走廊里跑,想去找负责保护欧阳晴晴的便衣警察,可连警察的影子也消失了。

他急了,掏出手机想报警,李思特赶紧拽住他:"先别急,我们去护士台问问。"

两人刚跑到护士台,就看到欧阳晴晴的嘴里含着一

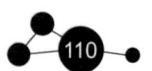

第十二章
间谍真正的计划

包豆奶,正优哉游哉地朝他们走来,而她身后跟着的正是胖墩和那名便衣警察。

原来,王小虎他们刚离开没多久,胖墩就忍不住打开了塑料袋,风卷残云般地吃起了早饭,等他回过神来时,早饭已经被他一个人全部消灭了。想到一会儿欧阳晴晴醒来肯定会肚子饿,胖墩就决定下楼买早饭。

结果他刚离开病房,欧阳晴晴就醒来了。她一醒来,见病房里就她一个人,既生气又伤心。正是饿的时候,她当下决定化悲伤为食欲,也下楼去吃早饭了。

至于那名警察叔叔,看到欧阳晴晴下楼的身影,就马上跟了上去。他的任务是秘密保护她,所以只能一路跟着。

最终,三人在早餐店相遇了……

"都是我的错!"回到病房后,胖墩主动承认错误。

王小虎原本憋了一肚子火,可一看胖墩这诚恳的模样,他的脾气也就发不出来了。

欧阳晴晴得知五天后就要开始抓捕行动,马上来了精神,大声宣布:

"身为队长,我肯定要一马当先——"

"还是别了,我已经跟陈队长说了,你因为身体原因不参加。"王小虎赶紧打断她。

"你、你竟然替我做决定!王小虎,你是不是找打呀?"

"你忘了你昨晚说什么了吗?"王小虎嘿嘿一笑。

"我说什么了?"

"'小虎,我还以为这次我回不了家了'……"王小虎模仿着欧阳晴晴的表情和声音道。

"你……"欧阳晴晴红着脸道,"我命令你们把昨晚我说的话从脑子里抹掉!"

"不然呢?"王小虎继续逗她。

欧阳晴晴气道:"不然不给你们看我的上课笔记!"

此话一出,王小虎刚才还嚣张不已的气焰顿时灭了。

没办法,他的学习成绩长期处于中游,想要提高成绩,学霸的学习笔记绝对大有帮助。

不过,他还是想阻止欧阳晴晴参加抓捕行动。毕竟她刚经历过绑架,他不希望她再次遭遇危险。

第十二章
间谍真正的计划

行动的日子很快就到了,陈队长带着专案组一众人员事先在花漾山四周做好了埋伏,而王小虎、李思特和胖墩则获准跟随陈队长一起坐在指挥车中。

"你是怎么进来的?"忍了很久,王小虎最终还是开口质问了在车里端坐一旁、一动不动的欧阳晴晴。

刚钻进指挥车的时候,他就被坐在最后面的欧阳晴晴吓了一跳。可她一言不发,陈队长同样毫无表示,他只好暂时把疑问咽回肚子里。

但是憋了一个小时后,王小虎终于忍不住了。

李思特和胖墩跟着点头,也是一样的疑惑。

谁知,欧阳晴晴做了一个给嘴巴上锁的动作,又比了个"OK"的手势。

王小虎哑然,只能去问陈队长:"陈队长,之前我们不是说好,欧阳晴晴不参加最后的抓捕工作吗?"

陈队长看了眼欧阳晴晴,一副突然想起来的样子:"哦,是有这么一回事儿。昨晚这位同学找到我,说怕你们三个人出事,她一定要全程看着你们。她还保证全程都不会说话,就只是看着,所以我就答应了。"

"可是陈队长，你答应我的……"

"是啊，哦，我忘了说明了，这位同学说她叫欧阳雨雨，是欧阳晴晴的表妹……"

王小虎的嘴角抽搐了几下，心想：欧阳雨雨……欧阳晴晴，你真豁得出去！

他无奈地瞪了一眼欧阳晴晴，谁知她也睨了他一眼，一副得意扬扬的样子，可把他气得够呛。

时间一点一滴过去，太阳渐渐西沉。花漾山上，早已做好各种伪装的警察都屏息等待着神秘买家和商业间谍的出现。

王小虎却心神不宁，总觉得哪里出了问题。他在脑海中回忆着每一个细节，试图找出这种怪异感的来源。

看到他坐立不安的样子，陈队长问道："小虎，你有什么想法就说出来。"

"陈队长，我觉得不太对劲。你想啊，欧阳晴晴被绑走，可那些人却没有伤害她，还让她发出了定位，而且对方似乎在给我们传递一个信息：那就是他们不知道实验室里已有警方介入……"

第十二章
间谍真正的计划

听王小虎这么一说,李思特也附和道:"交易时间和地点的信息传递,表面上看设置得很隐蔽,好像是为了不被我们破解,可一旦发现后,破解起来并没有什么难度,倒像是故意引导我们。"

两人说完看向胖墩,胖墩蒙了:"看我干什么?我没觉得有疑问。"

这时,欧阳晴晴举手道:"我能发言吗?"

王小虎没好气地说:"你说吧,欧阳雨雨。"

欧阳晴晴莞尔一笑道:"而且那个间谍,那个被小虎看到过但没暴露样貌的间谍,如果并没有来这里交易的话,你们猜他现在会在哪里,在干什么呢?"

此话一出,众人同时一怔。

陈队长随即下命令:其他人留守,他和"虎虎生威侦查小队"马上返回华夏DNA实验室。

指挥车随即飞速掉头,犹如脱缰的野马,直奔实验室而去。

与此同时,陈队长拨通了何教授的电话,简单说明了情况,随后问道:"何教授,请马上查看网络,看看有

没有人正在下载研究成果。"

李思特提醒道:"对方一定会绕开防火墙走备用控制权限通道。小心断电!"

"为什么要小心断电?"胖墩迷茫地问。

"断电后就会启动备用电源,为了防止有人通过断电的方式突破防火墙,系统会自动切换到备用控制权限模式……"李思特解释道。

话还没说完,电话那头就传来了何教授的惊呼:"断电了!备用电源启动……有人连接上了服务器,开始下载数据!"

"阻止他!"陈队长吼道。

"我、我阻止不了……"何教授的声音带着焦急。

"切断所有电脑的备用电源呢?"王小虎问道。

"这个要上报……可能会丢失正在存档的数据。"

陈队长咬咬牙:"立刻!马上!切断电源!"

第十三章
远征军遗骸

陈队长喊完后,电话那头一时间没有声音。

指挥车内,众人的心悬在半空,焦急地等待着,只能听见彼此有些急促的呼吸声,和窗外的风声交织在一起,牵动着每个人的神经。

几十秒后,何教授的声音才再次响起:"成功切断电源!"

"哦耶!"王小虎兴奋地和陈队长击掌,又依次和李思特、胖墩击掌,最后他转向了欧阳晴晴,朝她伸出了手。欧阳晴晴做了个鬼脸,眼睛弯成了月牙,也笑着和他击掌。

回到实验室后,陈队长立马带人检查了电源室和主

机室,虽然找到了被人恶意侵入的证据,但对方十分狡猾,事先破坏了监控系统,抹除了痕迹。那个隐藏极深的间谍是谁,依旧是一团迷雾,真相被紧紧包裹。

幸运的是,何教授在重要关头切断了电源,如同在悬崖边拉住了救生绳,才使间谍没能够成功下载完整的机密资料,保住了实验室的重要成果。

"我要表扬'虎虎生威侦查小队',就像我之前说的,王小虎智勇双全,欧阳晴晴武艺高超,李思特是计算机天才,胖墩……"

胖墩意识到了这个微妙的停顿,满是期待地望向了何教授。

何教授看了他一眼后笑着说:"也是一个活泼可爱的男孩……"

表扬结束之后,何教授像变魔术一样从抽屉里拿出一张聘用证,说道:"我有个惊喜要给你们,这是给你们的奖励。"

"这是什么?"小队四人又惊又喜。

何教授指着证书说:"这是我和老陈一起决定的,就

第十三章
远征军遗骸

是正式聘用你们为我们实验室的'机密保镖'！"

胖墩激动地喊出声："鸡米保镖？"

何教授眼角漾着笑，温和地解释道："是机密保镖，就是保护国家机密的保镖。"

"是每个人都有一张吗？"李思特忙追问。

"不是，你们四人就这一份。"

"那可以拍照留念吗？"王小虎问。

何教授轻咳几声，还是摇了摇头："也不能。这事儿要保密。"

几个孩子一起喊道："那一点都不正式，一点都不惊喜呀！"

何教授打开抽屉，把证书放了回去："反正惊喜已经给到了，证书我也收回了，等你们离开实验室的时候，我会复印四份给你们。"

不过，何教授告诉他们的另外一个决定却着实让他们倍感惊喜。那就是，何教授决定继续延长这次的"小观察员"活动，这样他们就可以在实验室再多待一段时间了。

第十三章
远征军遗骸

刚走出何教授的办公室,几个队员就为谁立下了头功叽叽喳喳地争论,走廊里一下炸开了锅。

"毫无疑问,应该是我!毕竟从头到尾,我都冲在了最前面,我也是第一个发现间谍阴谋的人。"王小虎伸出大拇指,为自己点了一个赞,模样骄傲,仿佛勋章已经挂在了他胸前。

"鄙人不敢苟同。要是没有我的技术,你连最基本的密码都破解不了。我认为,功劳最大的肯定是我。"李思特慢条斯理地反驳。

"我……我跑前跑后,打听各种消息,体重最大,跑动距离也最大,没有功劳也有苦劳,我觉得我也可以竞争第一。"胖墩也发表了自己的感言。

欧阳晴晴双手抱胸,不紧不慢抛出"三连问":"你们都别争了,你们有和坏蛋打斗吗?有被绑架吗?有像我一样,在关键时刻给出关键信息吗?"这一连串问题像连珠炮一般让几个男孩陷入了沉默。确实,在这三点上,没有人有资格和欧阳晴晴竞争。

看到三人被自己"击败"后的表情,欧阳晴晴笑嘻

嘻地补充:"再说了,我是队长——"

她的话还没有说完,走廊斜刺里突然"杀出"一张移动的转运床。床上盖着一块白布,也不知道里面是什么,后面推着的人是赵宁。

赵宁看到欧阳晴晴的时候已经来不及"刹车"了,于是"病床"撞在了欧阳晴晴的腰上。

"哎哟!"她疼得一下蹲到了地上,眉头拧成了麻花,双手紧紧捂住了腰。

"对不起,对不起,我赶时间,要马上运完这些遗骸……"赵宁飞快地解释了一句,确认欧阳晴晴没事后,继续推着转运床狂奔。

看着赵宁匆忙的背影,王小虎嘟囔了句:"遗骸?不知道这次又是从哪里挖掘出了烈士遗骸……"

"咦?"蹲在地上的欧阳晴晴注意到地上有一枚戒指,上面还沾着一些泥土,她马上意识到这应该是在刚才的撞击中,从转运床上掉落下来的。

王小虎、李思特和胖墩也都蹲下来,围拢过来查看这枚看似普通的戒指。

第十三章
远征军遗骸

欧阳晴晴从兜里掏出一张纸巾，包在手上拾起戒指观察，众人凑过去，在戒指内侧看到了一行字：吾爱永存，一九四一。这行字像一把小小的钥匙，仿佛要开启一段久远的故事。

"我们得赶紧把这枚戒指交给何教授。"

很快，他们得知了赵宁移送的遗骸的身份：这些是沉睡在国外多年的远征军烈士的遗骸，通过国家外交层面的种种努力，如今终于落叶归根，英灵还乡，来到了华夏DNA实验室。接下来，实验室将为遗骸确认身份并复原容貌，让他们的亲人把他们的骨灰带回家，完成这跨越岁月的团聚。

实验室里的白炽灯将冰冷的操作台照得透亮，五具从国外运回的远征军遗骸静静地躺在那里，像在无声地诉说着往昔的战火硝烟。

五具骸骨中，有四具并不完整，甚至有一具是连泥带骨一起运回来的，因为这具骸骨真正留存下来的，只有一块肩胛骨。

何教授正带着团队对这些骸骨进行处理，在提取

DNA 知识卡

跨越国界的生命密码

曾经,许多远征军烈士客死他乡,多年后他们的遗骸被发现并送回国内,却没有人知道他们姓甚名谁。如今,借助先进的 DNA 技术,这些沉睡的英雄终于能够找到自己的亲人,完成跨越时空的归家之旅。

事实上,对远征军烈士遗骸进行身份确认非常困难。由于掩埋环境恶劣,再加上经历漫长的岁月,烈士遗骸往往残缺不全,很多时候甚至连完整的骨头都没有剩下。法医考古领域的专家们面对的往往是这样的情况:发现了一个埋葬烈士的土坑,但挖掘了半天后依然只有"泥土"——因为所有的人体组织,包括骨头都已经降解了。

这样恶劣的情况,使 DNA 样本的提取面临诸多挑战。世界上能够做到在这种情况下提取到 DNA 片段,并在扩增后进行全基因比对的团队并不多,而中国就有这样的团队。

第十三章 远征军遗骸

DNA样本后进行扩增,再仔细检测骸骨上面残留的物质,以及骸骨受到的损伤,每一步都庄重而认真,像是在与历史对话。

这时,赵宁突然停下了手中的动作。何教授敏锐地注意到了,问道:"怎么了?"

赵宁缓缓摇头,有些沉重地说道:"这名烈士应该只有十四五岁,可是遗骸上却有十几处伤痕,还有四个弹孔……"

何教授愣了一下,接着叹了口气,说道:"当年中国远征军中有一支少年战士队伍,他们都是战争英雄的遗孤,平均年龄只有十四五岁。这位烈士应该就是其中一员吧……"

说着何教授的眼眶有些湿了,低声喃喃:"这些烈士的身份我们一定要确认!要不然,就再也没有人记得他们了。"

因为突然多了一项远征军遗骸的身份确认工作,何教授便安排王小虎他们全程观摩,有时还手把手地指导,让他们亲自体验这项尖端科技。

当然,四人每时每刻都没有松懈,也没有忘记自己被聘用为"机密保镖"后所肩负的重大责任。他们像敏锐的猎人,悄悄地观察着实验室里的每一名研究人员,一段时间下来,却依然没有发现商业间谍的蛛丝马迹。

终于,五具远征军遗骸的信息都确认了,容貌也都被复原了,五张年轻周正的面孔出现在了电脑屏幕上,带着被战火洗礼后的坚毅与纯真。看着这些面孔,大家既激动又悲痛。激动的是,终于有可能帮助他们找到自己的亲人,回到故乡了;悲痛的是,这些年轻的生命被永远定格在了那战火纷飞的岁月。

何教授把从DNA样本中得到的信息郑重地交给了陈队长,里面包含了烈士复原后的容貌、可能的出生地,以及推测出的亲属分布地区。

"太棒了!原来这就是利用DNA技术帮助烈士寻亲啊!有了这些信息,相信很快就可以找到他们的亲人了!"王小虎发出感叹。

陈队长却摇头,神情庄严而凝重:"也不尽然,真正能够找到亲人、回到家乡的烈士还不多。"

第十三章 远征军遗骸

"为什么?"欧阳晴晴不解。

"原因有很多,最常见的是烈士的亲人都已经去世了,毕竟时间已经过去太久太久。还有一种情况是,烈士当年的亲人早已离开家乡,在我们不知道的地方生活了。"陈队长的话有些沉重地压下来。

听到这里,大家都难过起来,原来即使确认了身份,复原了容貌,烈士也不一定能找到亲人,回到家乡。烈士和亲人团聚的路,仍满是坎坷。胖墩默默地祈祷起来:祝愿所有的烈士都能找到亲人,魂归温暖的港湾。

DNA如何帮助烈士找到亲人

科研人员从烈士遗骸中提取DNA样本,并通过"聚合酶链式反应(PCR)"技术得到扩增的DNA样本后,会对其中的遗传标记进行分析。通过对这些标记的分析,科研人员能够获取烈士的DNA族群信息,推测出他们大概来自国内哪个省份、哪个市,并锁定与烈士DNA有亲属关系的区域范围。

随后,公安部门会公布烈士的面貌和相关的DNA族群信息,发动群众认亲。当有群众主动提供家族资料时,公安人员会将其家族成员的DNA与烈士的DNA进行比对,通过对多个遗传位点的精确比对,确认双方是否存在亲属关系。只有当各项数据高度吻合时,才能最终认定亲属关系,让烈士得以与家人相认。

第十四章

古怪的老人

也许是胖墩的祈祷真的触动了天地,有三名远征军烈士顺利地找到了亲人。为此,实验室联合公安局精心筹备了一个小型的"英雄归故里"仪式,要让烈士们以庄严的姿态回到魂牵梦萦的故乡。

仪式当天清晨,柔和的阳光如金色的纱幔,洒落在搭建好的红色拱门上。"热烈欢迎远征军烈士回家"的金色大字在阳光下熠熠生辉,"虎虎生威侦查小队"的四位队员都高举着"致敬英雄"的标语,眼神里满是庄严与肃穆。

这次活动并没有对外公布,也不对外开放,却还是有上百名市民来到了园区外。他们静静伫立,用无声的

陪伴为烈士终于踏上回家之路送上自己最崇高的敬意。

"少小离家老大回",这些烈士同样是少小离家。几十载光阴如白驹过隙,他们的"容貌"恍如昨日,仍带着青春的轮廓,而接他们回家的亲人们却早已满头华发,被岁月刻上了沧桑的痕迹。

看着年迈的亲属一个个上台,又捧着烈士的骨灰离去,四人心中百感交集,有欣慰,有悲痛,更有对英雄深深的敬仰。

随着肃穆的认领仪式继续进行,第三位烈士的弟弟佝偻着背走上前,布满皱纹的脸上老泪纵横。他用颤抖着的双手接过骨灰罐,声音哽咽:"哥,咱们终于能回家了……"

王小虎的眼眶湿润了:"这位老爷爷还拿来了儿时和哥哥的合照,他和他哥哥长得特别特别像……"

欧阳晴晴一听,眼泪像决堤的河水一般哗哗地往下流,李思特也摘下眼镜框,擦拭着眼角悄然滑落的泪珠,而胖墩则号啕大哭了起来。

仪式结束了,人群迟迟不肯散去。大家围着认领了

第十四章
古怪的老人

烈士骨灰的家属,你一言,我一语,安慰他们,鼓励他们,让这份迟到的团圆,多了几分温暖与力量。

王小虎和欧阳晴晴原本应该在仪式结束后回到实验室,可他们看见很多工作人员还在忙碌,就主动留下来帮忙收拾东西。

这时,王小虎看到刚才那位老爷爷正抱着骨灰盒,步履蹒跚地往门外走。他记得这位老爷爷没有其他亲人,今天是自己一个人过来的。何教授曾说要给他安排车辆接送,可他坚持要自己叫车。现在那辆载他回家的车正在园区门口等着。

王小虎马上示意欧阳晴晴一起上前搀扶这位烈士家属。老人被王小虎和欧阳晴晴一左一右搀扶着,感激道:"谢谢,太感谢了。"

然而,门口的人群不知为何,突然一阵骚动。一名十几岁的少年一个趔趄,倒在了地上,还非常不巧地撞到了这位年迈的烈士家属。

令王小虎震惊的是,老人的反应速度奇快,一个轻微的趔趄后,不仅立刻稳住了身体,甚至手中的骨灰盒

第十四章
古怪的老人

都未有晃动……这与他年迈的外表形成了强烈反差,透着说不出的古怪。

像是发现了王小虎投向自己的诧异目光,老人低下头,轻轻抚摸着骨灰盒。

"哥,这么多年,你终于可以回家了。这些年,我一直都没有忘记你……"

老人的言语和表情都无比恳切,令人动容,王小虎也没再多想。

可欧阳晴晴还是觉得哪里有问题。她想起何教授有提过,她捡到的那枚戒指就是第三位烈士,也就是这位老爷爷的哥哥的遗物。于是,她低声问道:"老爷爷,您哥哥参加远征军未归,您父母一定很遗憾吧?他还那么年轻,都没有成家吧……"

老人家的脸上一阵悸动,叹气道:"是啊,原本等他打仗回来,就要给他安排亲事的……唉!"

王小虎原本还奇怪,欧阳晴晴为什么突然问起烈士"亲事"的事情,听了老人的回答后,他一下就明白了欧阳晴晴的用意:那枚戒指很明显地证明了这位烈士是有

结婚对象的,再加上他出征时把戒指戴在了身上,大概率是双方已经定亲,甚至可能刚刚完婚。

可这位自称是烈士弟弟的老人却顺着欧阳晴晴的话,直接承认了哥哥出征前还没有安排亲事,在他们面前露了馅儿。总之,他十分可疑!

只不过,想要揭开真相,还需要找到更多的证据……

"老爷爷,接您的车在门口吧?我们扶您过去。"欧阳晴晴冲王小虎使了个眼色。王小虎心领神会,假装不小心脚下一滑,和老人脑袋对脑袋撞了一下,顺势揪下了他的几根头发。

老人捂着脑袋笑骂:"你这个小朋友啊,平地都能摔倒,我看我扶你还差不多!"

老人边捂着头,边走出了园区大门,坐进在一旁等候多时的轿车离开了。

王小虎一刻也不敢耽搁,马不停蹄地找到何教授,说明自己和欧阳晴晴的怀疑。何教授听后没有露出吃惊的神色,而是一脸的疑惑与不安:"其实我也觉得这个人有些奇怪,可之前已经做过亲属和烈士的DNA比对,并

第十四章
古怪的老人

没有问题。"

王小虎惊讶道:"何教授你也看出来了?"

何教授点头:"我原本只是觉得有些奇怪,就告知了陈队长,也没有把那枚戒指给那位老人。"

王小虎把揪下来的那位老人的头发交给了何教授,进行DNA快速检测。二十分钟后,真相大白:这名老人和那位烈士没有半点亲缘关系!这位所谓的"弟弟"并不是真的弟弟,他冒充了此前DNA比对成功的烈士弟弟,上演了一场荒谬的"认亲"戏码。

"他的脸是假的,是伪装,他其实是一个体格健壮的年轻人!"王小虎恍然大悟,"怪不得平时走路跟跟跄跄的,一被撞到,本能反应时的动作却那么矫健。"

"他为什么要冒充家属来领走烈士的骨灰?"欧阳晴晴的疑问,像投入湖面的石子,漾开了层层困惑的波纹,众人都陷入了沉思。

何教授问赵宁:"今天来的其他烈士的亲属都再次比对DNA了吗?"

赵宁点头道:"陈队长那边已经找到了今天来领走骨

灰的其他烈士家属，也征得了他们的同意再次进行DNA比对，暂时没发现问题。"

越想寻找真相，谜团就像疯长的藤蔓变得越来越多：这些人为何要污染两名疑似叛徒遗骸的DNA，使他们无法被确认身份？又为何觊觎烈士骨灰？……这一切的一切，令王小虎百思不得其解。

这些问题显然也不会马上就全部有答案，但是冒充远征军烈士的弟弟领走骨灰的人，却很快有了进一步的行动。

次日清晨，王小虎、李思特和胖墩还在呼呼大睡，宿舍的门就被敲得哐哐响。

王小虎迷迷糊糊地喊道："谁啊？"

门外是欧阳晴晴的声音："是我，你们的队长！"

王小虎一听，更不想起床了："队长啊，才六点多，你为什么要敲门啊？"

"出事了！"欧阳晴晴大喊。

王小虎瞬间清醒过来，出事了？

他立马跳下床，叫醒了李思特和胖墩，随后打开了

第十四章
古怪的老人

房门。只见欧阳晴晴站在门口,举着手机喊道:"出大事了!"

王小虎抢过手机,李思特和胖墩也都睡眼惺忪地走到了门口。

屏幕上,那名伪装的"老人"正在声泪俱下地控诉华夏DNA实验室造假,居然把别人的遗骸鉴定为他哥哥的遗骸。而他竟信以为真,千里迢迢跑去取回了骨灰,直到昨晚他偶然发现,他哥哥根本没有参加远征军,他阵亡的地方在南京……

"这……这也太离谱了吧?"胖墩惊道。

"这百分百是恶意造谣!"李思特附和道。

王小虎皱眉:"太狡猾了,这样的话,就算我们说比对过他的DNA,和远征军烈士的DNA不匹配也没用了,因为从表面上看,这正好符合他的指控。"

李思特和胖墩一起点头道:"太狡猾了!"

王小虎道:"不过,我们可以证明他在说谎。只要陈队长把他抓起来,就能证明他在说谎,因为他根本就不是一个老人。"

欧阳晴晴瞟了他一眼道:"我们先把视频看完,好不好?"

视频播到了结尾,老人哭诉道:"我人生最后的希望破灭了!我将带着我的控诉离开人世!"

王小虎傻眼了,赶紧问道:"他死了?"

欧阳晴晴道:"他肯定没死,但被人目击走进了深山老林……"

第十五章

风波再起

"队……队长……"胖墩飞快地跑向欧阳晴晴的宿舍。夜已深,唯有胖墩的脚步声,打破了夜的静谧。

欧阳晴晴打开门,虽然已是半夜,但她还没有洗漱,也没有换上睡衣,事实上,她一直在等着这个时刻。

"风暴来了?"欧阳晴晴问道,空气里弥漫着一触即发的紧张氛围。

胖墩猛点头:"小虎、李思特已经在实验室了,何教授叫你也马上过去。"

实验室里灯火通明,亮如白昼,何教授紧盯着电脑屏幕上的视频,眉头拧成了死结。

今晚六点开始,网络上突然出现针对华夏DNA实验

室的负面言论,"实验室数据造假""烈士身份确认儿戏化"等字眼频频出现。

影响最大的就是此前欧阳晴晴让李思特、王小虎和胖墩看过的那个视频,也就是何教授此刻正在看的视频。画面里,那位"老人"举着泛黄的烈士证,声音哽咽:"我哥哥明明是在南京牺牲的,怎么会变成远征军?"

赵宁从打印机上取下了刚刚打印出来的报告,重重拍在桌上。

"说我们造假!根本就是他在造假!我对每一份样本都做了三重验证,从采样到比对全程录像。"他的胸脯剧烈起伏着,透露出内心的愤怒。

何教授经过考虑,开口道:"不行,必须为实验室正名。明天我开一场直播,向所有人说清楚真实的情况。"

"老何,可别这么干!"这时,陈队长走进了实验室,步伐里带着几分匆忙。看到赵宁后,他微微怔了一下。事实上,在与何教授一起决定追查潜伏在实验室的间谍后,他就只在何教授和"虎虎生威侦查小队"面前展示过自己的真实身份,实验室里的其他研究人员一直以为

第十五章 风波再起

他是新来的安保科长。

何教授觉察出陈队长的神色变化,看了一眼赵宁道:"这次那名有争议的烈士的DNA鉴定就是赵宁做的,所以我把他叫了过来……"

陈队长经过斟酌,决定先不告诉大家对绑架欧阳晴晴的歹徒的审讯结果。

"老何,你们是科学家,可能擅长搞研究,但不一定斗得过那些花样多、博流量、蹭热度的造谣生事者。到时候,别说解释清楚,甚至会让情况变得更糟糕!"陈队长的劝说像一盆冷水,浇灭了众人燃起的冲动。

何教授听完,沉默不语。实验室里一片寂静,只剩下电脑风扇的转动声。

这时,欧阳晴晴突然开口问道:"我可以说一下我的看法吗?"

何教授点点头。

"我觉得必须直播说清楚!不能小瞧舆论,如果我们不主动应对,明天说不定就发展成大问题了。"

王小虎也忍不住开口:"我的想法恰恰相反,舆论本

质上和新闻一样,热度持续时间不会太长。现在网络上的新闻层出不穷,热度消散得更快。所以,我们只要晾着它,过两天新的舆论热点就会取代它。"王小虎没想到自己可以说出这么一长段关于舆论的观点,颇为得意地瞧了欧阳晴晴一眼。

李思特看着不断变化的舆情指数,摇头道:"鄙人只是个书生,不懂打架,也不懂舆论,不过舆情指数模型显示,下一波高峰很快会到来。直播的话,百分百会出状况。"

何教授的目光随即停留在了胖墩身上,胖墩马上说道:"我坚定地支持队长,也支持小虎,所以我希望他们两个可以多一些合作,少一些斗嘴……"

何教授不得不咳嗽两声提醒道:"胖墩,你是不是没有听清楚我们在讨论的问题?"

胖墩一脸茫然,挠挠头,憨态可掬的样子让紧张的气氛缓和了几分。

何教授听他们说完,看着陈队长道:"老陈,我还是想坚持明天直播的想法。我们必须告诉民众真相,不能

第十五章 风波再起

让谣言满天飞。"他的声音不大,却透着不容置疑的力量。

见何教授这么坚决,陈队长也就不再反对了。

在离开实验室的时候,"虎虎生威侦查小队"特地在门口等陈队长。月光洒在他们身上,投下几道青涩的剪影。

陈队长跟何教授又说了几句话后,走出实验室,看到四人,表情沉重地问:"你们等我,是不是怕这次的直播会出状况?"

欧阳晴晴微微点头:"虽然我赞同直播,但明天肯定会出状况,对方就等着这样的机会呢。"

王小虎也接话:"如果我们不做好防范,肯定会给坏蛋可乘之机,毕竟在DNA鉴定领域,我国的技术手段处在世界领先地位。"

陈队长镇定道:"危机、危机,是'危'也是'机'。"他沉稳的声音镇住了空气里洋溢着的不安。几个孩子凑过来,听陈队长说出了他的计划。

"陈队长,这个计划很不错,我们可以一起参加吗?"王小虎一脸兴奋地问道。

"安全起见,你们还是旁观吧。"陈队长拒绝的话刚说出口,几个孩子就急了,七嘴八舌地恳求陈队长。欧阳晴晴做了个"噤声"的手势,站出来对陈队长说:"您别不放心我们,我们有个好办法,能帮助解决实验室面临的争议……"

陈队长实在拗不过这几个孩子,考虑后终于松口:"行,那明天大家就见机行事。"话音一落,孩子们就欢呼起来,仿佛已经打赢了一场胜仗。

第二天的直播,果然如大家所担心的那样,何教授只是出场解释了几句,连"烈士寻亲"项目的意义都还没说完,抨击的弹幕就淹没了整个屏幕,像是汹涌的潮水,迫不及待地要将真相吞没。

这时,意料之外的事情发生了。

第十六章

吾爱永存

园区外,抗议人群如涌动的暗流,气氛剑拔弩张。带头的是一个二十多岁的年轻人,他振臂高呼,强调单方面直播没有用,实验室必须让他们参与直播,接受他们的质询。

这群人中还有好几个知名博主,这么一闹,全网对于直播本身的公信力就更加质疑了。何教授看着混乱的场面,便同意让他们参与直播,进行互动问答。

有人抛出尖锐的问题:"在长白山发现的那批遗骸中,为什么那两具成年人的遗骸没有被复原容貌?"

何教授回答道:"因为他们的DNA样本被污染了。"

"为什么没有存档的DNA?"

"有存档,只是也被一起污染了。"

"那么DNA被污染这件事,是否就说明了你们实验室存在管理不善、能力不足的问题?"

何教授面上一滞,但语气仍诚恳:"我们会加强管理,完善流程,杜绝类似的问题再发生。"

欧阳晴晴看看忙于应对的何教授,又看看台下几个虎视眈眈的博主,心急如焚。

"小虎,我们的计划能成功吗?"她小声问。

"万一对方不按我们的计划出牌呢?"李思特和胖墩也表示担忧。

"放心,我们走着瞧吧!"王小虎拍着胸脯保证。这时,他看到陈队长带着一名老奶奶慢慢走进了人群。他心中更加有底了,接下来就等着那个假扮老人、冒领骨灰的人出招了。

王小虎正这么想着,就有人发难:"有一位老人反映,通过'烈士寻亲'项目,本来以为找到了死去哥哥的遗骸,没想到是你们搞错了,是不是有这么一回事?"

何教授道:"网上有这类谣言,但我要说明的是,我

们没有搞错，我们的检测百分百准确，有问题的是那位'老人'。他根本不是烈士的亲人，而是乔装打扮，自导自演，冒充烈士的哥哥领走了烈士骨灰，然后在网上散布谣言……"

"没有证据，你们怎么说都可以咯。"有人在人群中大喊，显然并不相信何教授所说的真相。

王小虎看在眼里，心中暗自思忖："这就是那个'老人'想要看到的效果吧？哼，今天我王小虎就让你们知道什么叫作老虎的屁股摸不得！"

经过刚才的观察，他早就注意到那个带头闹事的年轻人除了长相以外，身高、体形，甚至动作习惯，都和那个"老人"高度相似。

他与欧阳晴晴、李思特、胖墩交换了一下眼神，又冲陈队长做了"OK"的手势：计划开始！

"而且，退一万步讲，就算你们说的是真的，为什么一个和烈士毫无关系的人，也可以冒充家属，领走烈士的骨灰呢？这不就是你们的失职吗？"又有一人高声地指责实验室。

这时,李思特和胖墩正从两侧朝那个二十多岁的年轻人靠近……

而王小虎则拿着一个小巧的装置,躲到年轻人一旁的人群中。他要做到一出场就拽住那人。

他们身后,十多名便衣警察也以年轻人为中心缩小了包围圈。

欧阳晴晴见包围圈已经形成,看准时机冲上台,拿过话筒喊道:"因为这是冒充者针对实验室精心设计的阴谋!而且,那名冒充烈士弟弟的人,现在就在人群中!"

欧阳晴晴刚说完,王小虎一跃而上,一把抓住了那名年轻人,李思特和胖墩则一左一右抱住了那人的大腿。

年轻人傻眼了,他一直在留意便衣警察的包围圈,思索脱身的办法,完全没注意到三个小孩竟然也已经潜伏在人群中了。

王小虎大喊:"这人就是那个'老人',只不过这才是他本来的样子!我们留下了当时来领烈士骨灰的那名'老人'的DNA,现在只要比对他和那名'老人'的DNA就可以确认……"

第十六章
吾爱永存

他拿出了那台设备,继续说道:"确认你是不是就是那个'老人',也就是那个大骗子!"

年轻人慌了,问道:"这是什么?"

"这是DNA快速检测仪,只要十分钟就能出检测结果。"王小虎说罢,迅速揪下了年轻人的几根头发,放入检测仪中。

"你放心,机器是不会骗人的。如果你是清白的,只要十分钟,我们就能还你清白!但如果你就是那个'老人',那么抱歉,正义降临,我们就要抓捕你了。"他说得掷地有声。

李思特和胖墩抱着年轻人的大腿,听得热血沸腾,要不是腾不出手,他俩肯定要给王小虎竖两个大拇指。

年轻人一开始还能强装镇静,叫嚷着:"我是清白的,谁怕谁啊!"但随着时间推移,他额头的汗珠滚落,后背也渐渐被渗出的薄汗染湿,整个人像是被抽走了力气,慌了神。终于,他再也绷不住,大吼一声,奋力甩开李思特和胖墩。他本想跑向园区门口,但在看到便衣警察组成的包围圈后,又恶向胆边生,转而想要抓住一

个人当人质。

他扫视了一圈,选中一名只有十七八岁的年轻姑娘,迅速朝她冲去,还从口袋里掏出了折叠小刀!

那姑娘吓得哇哇大叫,但这时,欧阳晴晴如闪电一般毫不犹豫地冲向了年轻姑娘。

在那人快要抓住年轻姑娘时,欧阳晴晴突然跃起,临空一脚踢飞了他手里的小刀,随后一把抓住了他的双手,一招咏春拳的"膀手"配合"捆手",将年轻人擒拿。尽管他仗着力气大挣脱,但便衣警察已经赶到,当场就将他制伏。

这时,王小虎手中的机器也发出"嘟嘟"声,他把显示器展示给大家看:"你们看!完全吻合!他就是那天来领走烈士骨灰的'老人'。今天这场现场质问,就是他布的局!他就是要引起舆论,让大家质疑实验室!"

人群一下哗然,大家这才意识到自己很可能成了别人的棋子。

这时有人问道:"如果这个人是骗子,那么那位烈士的骨灰呢?怎么也得找回来送还给真正的亲人吧?"

第十六章
吾爱永存

陈队长走上台朗声道:"骨灰已经在刚才被逮捕的这个人家里找到了,我们会将其妥善地交给烈士真正的亲人。另外,我们还帮烈士找到了另外一个人,或许是他在上战场前最想见的人,也或许是他原本在战争结束后最想见的人。"

陈队长话音刚落,一位满头华发的老奶奶被人搀扶着从人群中走了出来,她非常吃力地挪动着步子走上台。何教授背后的大荧幕上也播出了复原后烈士的容貌,那是一位面目俊朗的年轻战士。

上台后,老奶奶看着大屏幕上的照片,眼中噙满泪水。她轻轻地抚摸着屏幕上那张青春洋溢的面庞,似乎坠入了对过去的回忆里,好一会儿,才缓缓地说道:"国华,你一点儿都没变……"

老奶奶说完,转身面对台下的众人说道:"他叫孙国华,他加入远征军的那一年,我们刚定了亲……"

老奶奶说着,转头再次看向照片,照片里的战士仍旧展露着温和的笑容。她哽咽着,说话声断断续续:"他……他说回来就和我成亲……"

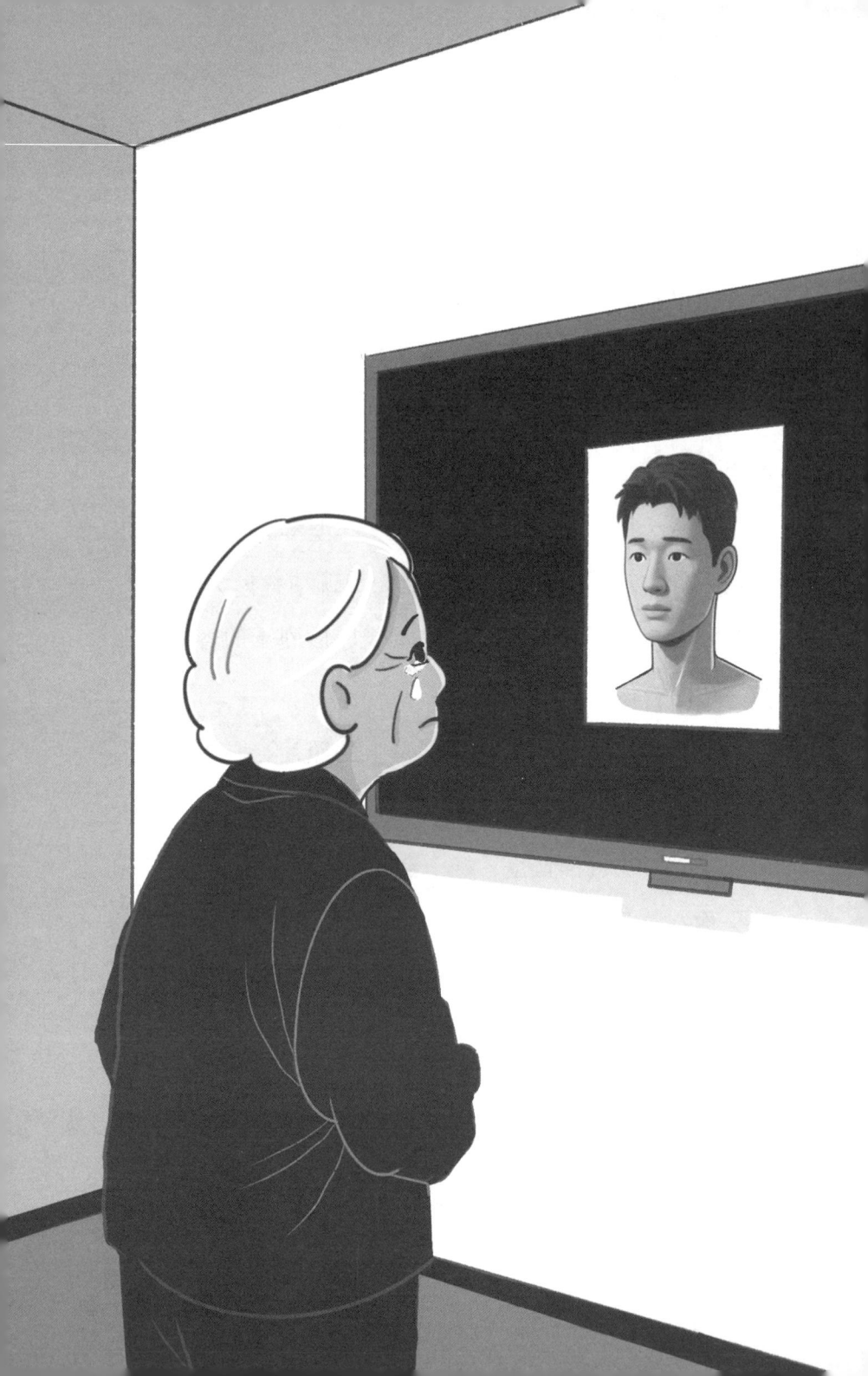

第十六章
吾爱永存

随着老人的叙述，台下的人群中也开始传出了啜泣声，很多人默默擦着眼泪。

何教授拿着烈士的那枚戒指，走到老奶奶跟前。

看到戒指，老奶奶浑浊的眼神一下清亮了几分，声音有些颤抖："这是……这是……"

"这是从孙国华烈士遗骸上发现的戒指……"

何教授把戒指放到老奶奶的掌心："我们代他把戒指交给您。"

老奶奶拿起戒指，轻轻抚摸着。当她看到戒指内侧刻着的"吾爱永存"时，一下捂住了嘴，积攒了数十年的思念，化作滂沱的泪水，倾泻而下。

她伸出自己的右手，她右手的无名指上戴着一个一模一样的戒指。她将烈士的戒指戴到了左手的无名指上，一边喃喃道："国华，你终于回来了。"她的声音颤抖又轻柔。

主席台下，陈队长命人押走了那名年轻人。事实上，之前绑架欧阳晴晴的那几名歹徒也已经供出：他们只是在网上被招募，说是要通过监控摄像头拍摄一场戏，而

面试他们的导演，正是这个看起来只有二十多岁的年轻人。

等一切尘埃落定，"虎虎生威侦查小队"拦住了想要离开的陈队长和何教授。

王小虎满眼佩服道："陈队长，没想到您连孙国华烈士当年的未婚妻都找到了……"

陈队长笑道："这要归功于何教授，他详细调查了孙国华烈士的完整经历，我才可以这么快找到他当年的爱人。"

欧阳晴晴轻声追问："孙国华烈士的完整经历……那他到底是怎么牺牲的呢？"

李思特推推黑框眼镜："我也很好奇，网上一点都查不到孙国华烈士的信息。"

胖墩连连点头："我也想知道。"

陈队长看向何教授，示意道："老何，你来告诉他们吧。"

何教授点点头，神情肃然："孙国华烈士参加远征军的时候只有18岁，刚定完亲，却为了保家卫国，自愿成

第十六章
吾爱永存

为了远征军的一员……"

听了何教授的讲述,他们才知道孙国华烈士的壮烈过往。原来当年在执行任务时,孙国华所在的步兵班意外发现日军意图炸毁铁路线的一个连队。为了保护铁路,更为了确保即将通过的物资运输火车的安全,孙国华和战友与数量胜过己方十倍不止的敌军展开殊死战斗。最后,他以血肉之躯抱住了怀揣炸药、扑向铁路的敌军,被炸身亡。当时掩埋尸体的远征军战友,甚至没能够找齐孙国华的完整躯体,只找到了他的颅骨和几块残躯,将之与其他阵亡的将士一起,安葬在那片热血倾洒之地……

DNA 知识卡

中国烈士遗骸DNA鉴定和容貌复原主要团队

国家烈士遗骸DNA鉴定实验室

国家烈士遗骸DNA鉴定实验室隶属于国家退役军人事务部。它的成立标志着我国烈士遗骸搜寻鉴定工作体系建设取得了阶段性成效。实验室建立了烈士遗骸和烈士亲属DNA数据库,自主研发了各类检测试剂与仪器,解决了战争年代陈旧遗骸身份识别的难题。

公安部物证鉴定中心

公安部物证鉴定中心是全国刑侦领域DNA鉴定的王牌部队,能够从烈士遗存的骨骼中提取DNA,通过先进的DNA分析技术,精准分析出性别、血型、家族遗传特征等关键信息。这些珍贵的数据,是揭开烈士身份之谜的第一把钥匙。

中国科学院

作为国家级科研殿堂,中国科学院在DNA解码与遗传信息分析领域成果斐然。中国科学院和科学家们研发出具有自主知识产权的先进技术,其研究成果多次登上国际顶尖学术期刊。这些创新成果不仅推动了生命科学的发展,更为烈士寻亲工作提供了强大的技术支撑。

复旦大学

复旦大学的科研团队在"法医考古"领域,特别是在DNA鉴定技术与颅面复原技术领域进行了多年深耕。团队多年来致力于通过烈士遗骸DNA鉴定为烈士寻亲,还建设了国家英烈DNA数据库,为爱国主义教育提供了极为生动的素材。

第十七章

一波未平，一波又起

舆论风暴如潮水退去，慢慢平息，可"虎虎生威侦查小队"还没来得及松口气，新的使命就已经在晨光中悄然降临。

这天一大早，赵宁匆匆忙忙地来叫小队所有队员去会议室。

王小虎来了兴趣，好奇地追问："发生了什么事情？"

赵宁摊了摊手："我也不清楚，是何教授让我来叫你们的。我听说他有一件很重要的事情要宣布。"

何教授已经在会议室里。出乎意料的是，马老师也在，这让大家更好奇了。见大家都已经到了，何教授招呼道："都快坐下吧！"

大家都坐下后,何教授让赵宁关好会议室的门,这才缓缓开口:"今天把你们叫过来,是有一件很重要的事要宣布:南京新发现了一个'南京大屠杀'时期留下的万人坑,需要我们实验室对里面不知姓名的遇难者和烈士进行身份确认和容貌复原……"

王小虎恍然大悟:这确实是一件很重要的事情!

"实验室决定带你们一起去,你们可以在现场进行观摩学习。"何教授继续说道,"作为领队老师,马老师也会跟你们一起前往。"

能够有机会接触"南京大屠杀"遇难者和烈士的身份确认工作,小队四人心中都充满了使命感和责任感。

孩子们和马老师都离开后,陈队长打开了会议室的门。

"那个年轻人的嘴太硬了,没有交代任何有用的线索。"陈队长皱着眉,愤愤道。

何教授沉思道:"这些人都只是幕后黑手的马前卒,是准备牺牲掉的,所以他们知道的肯定有限。"

陈队长应了声,提出了自己心中的疑惑:"老何啊,

第十七章
一波未平，一波又起

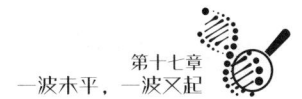

你为什么要带王小虎他们去南京啊？"

何教授叹了口气："我也是为了他们的安全着想，把他们留在这里我不放心。这次去南京，你也要和我们一起过去，万一那个间谍趁我们都不在的时候搞事情，做出伤害孩子们的事情，那怎么得了？"

陈队长思索片刻后道："也对，而且说不定他们会帮上忙。"

一开始陈队长找王小虎他们帮忙查间谍，是因为他自己不能明目张胆地查，正好这几个孩子不引人注目，可以暗中调查。现在他却觉得，自己当时的直觉对极了，这几个孩子机智勇敢，已经多次立下大功了！

想着要前往"南京大屠杀"的遗址，"虎虎生威侦查小队"队员们的心情不免有些沉重。他们跟随何教授和陈队长乘坐高铁奔赴南京，再转商务车，最终站在了一个巨大的挖掘坑前。

不久前，南京城南某建筑工地的轰鸣声骤然停歇。挖掘机在施工时竟然挖出了一堆白骨，施工队立即上报。

有关部门在进行现场勘查后,发现了更多的遗骸,确认工地下面埋葬的是"南京大屠杀"时期的遇难者。随后,南京方面就联络了华夏DNA实验室。

何教授一行人现在看到的遗骸分布范围已经比刚发现时大了两倍多。初步统计,里面的遗骸数量不会少于一千具,其中大部分是平民,也有部分通过残留的衣物碎屑判断是军人……

何教授和专业的法医考古科研人员在全副武装后,下到了坑洞内,开始进行样本采集等工作,而王小虎他们则在坑洞外等候,神情肃穆,似在聆听历史的无声诉说。

一场跨越数十年的无声对话,就此拉开帷幕。

随着挖掘工作的不断推进,在灰褐色的土层中,出现了越来越多层层叠叠的骸骨。坑洞外被记者围得水泄不通,他们迫切地想要了解新发现的"万人坑"的最新采样研究结果。

"这些都是平民的遗骸。"工作间隙,何教授沉痛地向记者介绍道,"从骨骼特征判断,最小的受害者年仅五

第十七章 一波未平,一波又起

六岁,女性遗骸占比超过40%。部分骸骨上可见明显的刀伤、枪伤,还有些在踝骨处残留着铁链的锈迹。"

这时有记者发现了站在一旁认真观摩,做着笔记的王小虎他们。他们在前不久的远征军烈士寻亲冒充案中立下大功,这件事在当时也发酵成了网络热点,所以有不少记者认得他们。

一名记者马上跑到王小虎跟前,想要询问他怎么看待用DNA技术确认烈士身份和复原烈士容貌这件事。

马老师听到后,担心王小虎回答不好这么复杂的问题,反而会在网络上招来批评,就挡在了王小虎前面,拒绝了记者的采访。没想到,王小虎拉了拉他的袖子,语气坚定又认真地说自己有些话想要告诉记者。

他说道:"我只是参加'小观察员'活动的一名中学生,来到华夏DNA实验室观摩学习。关于你的问题,我的想法是,DNA鉴定技术和AI容貌复原是在用科技的力量让那些被历史遗忘的面孔重见天日,让无声的证人再次开口说话,让为中华民族伟大复兴抛头颅洒热血的每一个英雄,都能获得他们应有的荣耀!"

他的眼神里有对历史的敬畏，也有对科技传承记忆的坚信，仿佛要借这个采访机会，让更多人听见他和小伙伴们守护真相、铭记历史的决心。记者和马老师都忍不住夸起王小虎来。

这时，只听到一名研究人员惊呼道："这……这块骨头……"

第十八章

万人坑里的"活人"

何教授听到惊呼后，迅速来到了那名研究人员跟前。

他接过了研究人员手中的骨头，只看一眼眼眶便湿润了。

"这是婴儿的腿骨……还这么小，应该不超过十个月大……"何教授的声音有些颤抖，像被眼前的景象击中了，说的每个字都浸满了悲痛。

何教授没有继续往下说，因为他看到了那道伤痕，也明白了研究人员惊呼的原因——腿骨上的那道贯穿伤，分明是刺刀残忍刺穿留下的痕迹。这个尚在襁褓的小生命，究竟遭遇了怎样的噩梦？

何教授踉跄着走了几步，找了一块空地坐下，他看

着眼前的巨大坑洞,看着那成百上千具骸骨,沉沉地叹了口气:"我们必须尽全力帮他们找到亲人,让他们安息……"

面对严重受损的DNA样本,何教授团队采用了最前沿的技术进行处理。在他的带领下,研究人员们小心翼翼地从牙齿、指骨等保存相对完好的部位提取样本。

这些遗骸经历了数十年的侵蚀,提取出的每一份样本都是无比珍贵的历史密码,封存着一段不为人知的记忆。

与此同时,AI建立的庞大数据库也发挥了重要作用。这个数据库收录了20世纪30年代南京人的面部特征、发型服饰等信息。通过深度学习,AI系统能够根据骨骼数据还原出最接近真实的容貌,让逝去的灵魂在数字世界里获得重现。

在实验室全体科研人员的努力下,很快,第一批复原结果出来了。

当编号为A-01的AI复原人像出现在屏幕上时,整个实验室陷入了沉默。那是一张可爱的婴儿照片,她的脸

第十八章
万人坑里的"活人"

上挂着足以驱散一切黑暗的天真笑容,可在场的人们只觉心中无限哀恸。这样的笑容,本应在父母的呵护下继续绽放,却被永远定格在了战争的苦痛中。

"她是南方人,族群信息显示,她的老家应该在苏州或者上海松江。"赵宁的声音中也有难掩的沉重。

编号 A-32 则是一名年轻人,样貌清秀,甚至有点书卷气。"他的腿骨有骨折过的痕迹,死亡时已经愈合五六年了。这说明他在1931年左右受过伤。DNA族群分析结果显示,他的老家应该在淮安市一带。"赵宁缓缓讲述,"我查阅历史资料后发现,1931年夏天江苏高邮湖决堤,无数青年跳入洪水中抢修堤坝。当时,淮安市出过'一名十八岁青年连救十余人,后因体力不支,自己被洪流冲走,但幸免于难,只是腿骨骨折'的报道。这让我不禁产生联想,有没有可能,编号 A-32 就是这个在洪水中救人的青年……"

……

一个个故事,像拼图碎片,拼凑出遇难者生前的种种事迹,这些冰冷的骸骨好像重新有了温度,正诉说着

被掩埋的一切。

王小虎、欧阳晴晴他们看着这些照片，听着背后的故事，才真切地感受到DNA技术承载的重要使命——它连接起了过去与现在，是让历史被铭记，让伤痛被正视的桥梁。

实验室将这些照片对全社会公布，希望可以借助公众的力量，帮助寻找这些遇难者和烈士的信息。没想到，第三天，一条推文瞬间引爆网络：《万人坑里的"活人"！华夏DNA实验室复原容貌的南京大屠杀遇难者中，有一人和网红"甜心小草莓"长得一模一样！》

看到热搜的时候，何教授瞳孔微微收缩，立刻下达了指令："马上检查是不是又是因为有人蓄意污染DNA样本！"

他满腹狐疑地盯着电脑屏幕上的面部复原图——那张本该属于南京大屠杀遇难者的面容，竟与某个网红的长相高度重合。

胖墩不明白事情的严重性，懵懂地问："会不会就只是长得像而已啊？"

第十八章
万人坑里的"活人"

王小虎皱起眉头:"她们不是像,而是一模一样!"

胖墩不明所以:"那又怎么了,世界上难道就没有两个长得一模一样的人吗?"

很快,重新检测后的结果出来了:这一次,DNA样本没有被污染。

"那就是样本被人调包了。我怀疑这不是间谍干的,而是其他人所为。"陈队长马上说出了自己的看法。

"为什么不是间谍干的?"欧阳晴晴问。

"因为做法太业余了。那个间谍会用更隐蔽的方法影响检测结果,或者修改结果,而送另外一个人的DNA样本进来,留下的线索太多了。"陈队长说道。

王小虎一听,连连点头:"拿一个真实存在的人的DNA样本来调换,嫌疑人也很容易确定。陈队长,我感觉这次的幕后黑手,和上次远征军寻亲的幕后黑手倒有可能是同一个。"

陈队长起身:"好了,我们马上去查,他们越是这样针对实验室,出现的漏洞也会越多。"

很快,陈队长就查到了调换DNA样本的嫌疑人,也

就是"甜心小草莓"本人。她交代了这么做的原因——网上有人怂恿她,说这样可以让她迅速涨粉。确实,她这么做了以后,在短短几天时间里粉丝量涨了三五十万。在被陈队长抓捕的时候,她还拒不承认自己的行为违法了。

不过没多久,她就乖乖坦白,毫无保留地把自己所知道的情况都告诉了警方。但当警方顺着线索追查时,幕后黑手却像人间蒸发了一般,没有在网上留下任何蛛丝马迹。

线索再次中断了。

第十九章

隐秘的战斗

何教授的办公室里,陈队长、几名核心公安人员和何教授聚在一起讨论案情。暮色侵入窗户,给严肃的讨论镀上一层沉郁的光。"虎虎生威侦查小队"也在受邀之列。

"调换DNA样本这件事情极为复杂,必须有实验室的工作人员协助才能完成。'甜心小草莓'说她把样本以信件的形式寄到了实验室门卫处。按照惯例,赵宁来取走所有给实验室的信件。于是,那封藏着'甜心小草莓'DNA样本的信件就被放在了何教授办公室的桌子上。"陈队长向众人还原事件过程。

"后来肯定有一名研究人员来取走了样本,并将其混

入了南京大屠杀遇难者遗骸的DNA样本中。"

何教授怒道:"这些人屡次三番破坏实验室的科研活动,居心何其险恶!"

"把这次事件和前面的阻止实验室复原叛徒容貌、污蔑实验室烈士身份确认失误等几个事件放到一起,对方的目的就显而易见了——那就是损坏华夏DNA实验室的名声,降低普通民众对于本国高科技行业的认可度。这就是一种'认知战'。"陈队长用寥寥数语点出了这些事件背后的本质。

"所以这些不法分子不仅要窃取我们的技术,还想对实验室的名誉和民众的认知进行全方面的打击!"何教授既气愤又痛心。

王小虎此前只是在一本课外书中看到过"认知战"这个名词,现在他明白了这个词的真正含义,也知道了其实我们每个人每一天都生活在一个充斥着各种"认知战"的环境中。尤其像他们这样的青少年,对于接触到的信息的分辨能力比成年人要弱,更容易成为"认知战"的受害者。

第十九章
隐秘的战斗

"所以,我们面对的,已经不仅仅是商业间谍的潜入,还是一次公众认知的交锋作战!"王小虎他们一下明白了过来,这是一条隐秘又关键的战线。

陈队长继续道:"其实我们已经查到一家公司,是这几波网络舆论的幕后推手。这家公司在云南,我可能要马上飞过去……"

"那太好了!"在场众人都兴奋起来,仿佛看到了找到真相的希望,"或许通过这家公司就能顺藤摸瓜查到幕后之人。"

陈队长离开后,"虎虎生威侦查小队"继续一边参加实验室组织的各种活动,一边在暗中寻找那个间谍。

这天,一位五十多岁的中年男人来到园区,联系了实验室。实验室的工作人员经何教授同意后找到王小虎,问他愿不愿意见见这位男士,因为他点名要见王小虎,还说自己是他的粉丝。

这下可把王小虎乐坏了,得意地向伙伴们炫耀:"看到没?我们几个同时参加实验室的活动,为什么到现在

只有我有粉丝来找呢？哈哈……"

欧阳晴晴瞥了他一眼："我们是来当科学家的，不是来当网红的。"

"你这是眼红！"

"我会眼红你？"

"你会！"

"王小虎你……"

欧阳晴晴和王小虎又一次开启了斗嘴模式，火星四溅，不分胜负……

"我刚刚看了一下，你的账号只有三个粉丝，他可能是你的三个粉丝之一。"李思特推推眼镜框，加入战局。

"你不会说话可以少说点。"王小虎瞪了李思特一眼，继续心情大好地说道，"我不管，反正有一个粉丝来找我。"

可和这位"粉丝"见完面之后，他的好心情又散去了大半。

原来这个人并不能算是王小虎的粉丝。他联系实验室另有目的，只是因为在一个视频中看见了王小虎，对

第十九章
隐秘的战斗

他十分赞赏,便希望顺便见见他。

这个人找出了视频,视频里王小虎正狼狈地死命抱住那个年轻人的大腿。这个人说道:

"你看,你的小身板是多么有力气!不管这人如何挣扎,又甩又踹,你自始至终都没有松手……"

"我觉得你就是特地跑来嘲讽我的!"王小虎哭丧着脸道。

"没有,绝对没有!"他连忙摆手,十分诚恳地说,"我还有一件很重要的事情想请你帮忙。我觉得,只有你这种永不服输的人,才有可能帮到我。"

他缓缓道出了自己的故事。

原来这位大叔名叫朱聪。他的爷爷叫朱有为,在村里一直背负着"汉奸"的骂名,他的爸爸却告诉他,爷爷其实是个英雄,是我党一名在隐蔽战线战斗的特工,假装帮日本人办事,实际上偷偷救了很多人。日本人战败撤退前想要杀光村子里的所有人,他设计把日本士兵骗到了后山的庙里,一把火与他们同归于尽了。但是因为他是"汉奸",还和日本士兵死在了一起,村民就把他

和日本士兵一起埋了，他的英雄事迹也被岁月隐埋。

"我想为我的爷爷正名，我想恢复他的英雄身份。"朱聪郑重地说道。

王小虎琢磨了一下，婉拒道："这个我帮不了你。就算你说的是事实，我们怎么证明你爷爷是英雄呢？我想不到办法，对不起。"

朱聪一听，露出失望的神色，说道："十多年了，我找了很多人，他们都说帮不了。本来我已经绝望了，直到那天看到你，看到华夏DNA实验室能够帮助烈士找到亲人，我这才又燃起了希望……"

王小虎听了，心里泛起一丝暖意——谁能拒绝这份对自己和实验室的认可呢？

"小虎同志，请你一定要帮我！"朱聪恳求道。

王小虎有些动摇，想要帮助大叔，不过他也知道不能随便答应人，因此只是答应找何教授询问一下。

然而，等他送走大叔，和欧阳晴晴他们再回到何教授的办公室时，却发现气氛有些不对劲，甚至还闻到了一丝烟味。他一看，陈队长在办公室里，他已经回来了。

第十九章
隐秘的战斗

陈队长又抽烟了?

王小虎疑惑地看了陈队长一眼,心中更加担心了:陈队长向来沉稳,非大事不会如此,到底发生了什么可怕的事情啊?

第二十章

全面战斗已经打响

办公室里凝重的气氛像一张无形的网,将众人笼罩。王小虎望着陈队长,率先打破沉默:"陈队长,发生什么事了?"

"'甜心小草莓'从拘留所被放出去后,就消失了,不知去向。"陈队长眉头紧锁,"但是她的账号却在海外继续更新诬蔑实验室的视频。"

"并且还是真人出镜。"何教授接过话,神情严峻。

李思特一听,问道:"会不会是利用了深度AI技术?"

陈队长点头:"没错。"

"什么是深度AI?"胖墩问道。

"它的涵盖面很广,与我们生活的各方面都息息相

第二十章 全面战斗已经打响

关,别有用心的人可以通过深度 AI 伪造他人的样貌和声音制作成视频,真假难辨。"李思特解释道。

"懂了!我看过一个反诈视频,有位妈妈明明在和身处国外的女儿视频,但门铃响起,门外站着的竟然才是她真正的女儿……"欧阳晴晴说道。

"没错没错,我也看过。这技术要是被别有用心之人利用,就太可怕了。"王小虎附和道。

他想起陈队长去云南查那家公司的事情,就问道:"陈队长,云南那公司……"

"人去楼空。"陈队长叹气道,"不仅如此,我们之前还在追踪网上利用深度 AI 发布伪造视频的账号,那些账号从昨天开始,在一夜之间全部都注销了。"

"虎虎生威侦查小队"的四人面面相觑,诧异地问:"全部注销了?"

陈队长点头道:"全部注销。但是那些视频依然在更新,只是发布账号的 IP 地址全部转到了海外。"

"那……那之前被我们抓住的冒充老人的年轻人呢?"王小虎着急地问道。

陈队长说:"已经被严格监控起来了。"

何教授叹气道:"但是线索又全都断了。"

听何教授这么一说,所有人都泄气地垂下头,毕竟为了追查间谍,大家已经忙碌很久了,如今却功亏一篑,一时都无法接受。

就在气氛陷入低迷之时,欧阳晴晴突然大喝一声,随后抬起头,一挺胸,摆了一个咏春的"问路手"。

大家都被这声突如其来的大喝吓了一跳。

王小虎抱怨道:"你这是干吗?"

欧阳晴晴大声道:"别垂头丧气的,我们不是还有一条最明显的线索吗?小虎还见过那个间谍戴着墨镜和口罩的样子呢!"

欧阳晴晴这么一说,王小虎顿时眼前一亮。没错,他和那个进入实验室污染DNA样本的间谍可是有过"一面之缘"的。显然,交易还没有完成,那个间谍肯定还在实验室之中。

"神秘买家已经在布局后路了,留给我们抓住间谍的时间不多了。"陈队长总结道,"但是,这也预示着,下

第二十章 全面战斗已经打响

一次交易很快就会发生,这也是我们的最后一次机会!"

这时,王小虎想起朱聪爷爷的事,就向何教授说明了前因后果。何教授是这么回答他的:"你可以发挥你的想象力,看看怎么才能帮助他。维护英雄的名誉很重要。"

有了何教授这句话,王小虎就有干劲了。

"DNA不会说谎。"王小虎默念着何教授常说的话,思考片刻。他觉得要帮朱聪,首先要找到朱聪爷爷被埋葬的地方。

他把欧阳晴晴、李思特和胖墩叫到跟前,四人凑近脑袋后,他小心翼翼地说:"我怀疑实验室里的间谍不止一个,所以我们说话一定要小心。"

大家连连点头。

"接下来研究项目比较少,我们再跑来跑去会被人怀疑,现在刚好借调查朱聪爷爷的案子,把自己隐藏起来。"王小虎说完后点点头,非常满意自己的计划。

欧阳晴晴拍拍胸脯:"小虎说的和本队长想的不谋而

合!间谍肯定很快交易,我们一定要尽快把他或者他们揪出来。"

"没错!"李思特和胖墩齐声说道。

"不谋而合?"王小虎皱着眉头望向欧阳晴晴,"这分明是我的想法!"

"怎么?就不能是你的想法和我的一致吗?不用紧张,想法偶尔一样没什么,但在实力上你是永远不会超过本队长的!"欧阳晴晴拍拍他的肩膀道。

王小虎还想要斗嘴,欧阳晴晴已经抬起头冲远处叫了声:"马老师。"

众人看过去,原来马老师正往他们这儿走来,脸上神色复杂。

"你们鬼鬼祟祟在干什么?还不快回去继续研学课程?"马老师看着眼前这四个不省心的学生,有苦说不出。毕竟,学生人选都是他定的,王小虎甚至还是他力荐的,要是出了状况,他也头疼。

上完研学课后,四人来到园区门口,朱聪开了一辆面包车,已经在门外等着了。

第二十章 全面战斗已经打响

他们之前跟何教授请了假外出,不过对马老师和其他人,他们说的外出理由是添置生活用品。毕竟,"小观察员"的研学计划延长了好几次,准备的生活用品不够,需要重新添置,这个理由毫无破绽。

面包车驶向了朱聪的家乡,最后在一片花海中停下。

前方碧水如镜,静静流淌;后方青山巍峨,沉默守望。远处还能看到当年寺庙留下的石灯,在岁月中伫立。而从花海中间往边上再走几百米,就能见到一片由红景天与彼岸花交织而成的绚烂景象,一直绵延到山腰。那片花团锦簇的中部,应该就是当年朱聪的爷爷一把火与日本士兵同归于尽的地方。

王小虎从背包里拿出一个小型装置。这看似普通的小物件,其实是一个探测仪,可以探测出地面十几米以下的物体,甚至可以初步检测水源、矿产。

王小虎拿着探测仪,从花海中间的空地开始,一米一米地往外围探测,像在与大地对话。没走多远,探测仪就开始闪烁,迫不及待地宣告发现。

王小虎马上联系了何教授。专业人员过来挖开泥土

后，十五具遗骸重见天日。然而，除了少数遗骸上还留有一丝丝可以用来辅助识别身份的纤维外，大部分只剩下遗骨了……

难题摆在眼前：怎么从中找出朱聪爷爷的遗骸呢？

这或许会难住其他人，但在何教授的带领下，实验室很快确认了这些遗骸的基本身份特征。

总共十五具遗骸，其中十四具是日本人，只有一具是中国人。这个情况和朱聪说的基本吻合。

实验室采集了朱聪的血液样本，将他的DNA与从那具中国人遗骸中提取的DNA进行比对，结果显示：比对成功！那就是朱聪爷爷的遗骸。

得知这个消息，朱聪兴奋地赶到园区门口。他很感谢实验室帮他找到了爷爷的骸骨，只是，目前还是无法还他爷爷清白，证明他是我党隐蔽战线的一员。

王小虎问朱聪："你爷爷有没有留下来什么东西，可以供我们找找线索？"

朱聪点点头，他爷爷曾经住过的老宅仍保存完好，空置多年，里头应该还留有很多当年的物件。

DNA 知识卡

DNA 技术可以区分中国人和日本人吗

中国人和日本人都是东亚人，所以 DNA 是非常接近的，但由于历史、地理、族群混合等的不同，在某些基因标记上存在统计学差异。

例如，某些基因变异，在日本人中更常见；某些线粒体 DNA（来自母亲）或 Y 染色体（来自父亲）的类型，在中国人和日本人中有着不同分布。

以大数量的人群为样本，DNA 技术可以分析出这批人群可能来自中国还是日本；但如果只是对少数几个个体进行分析，则不能仅靠 DNA 分析百分百准确地判定其国籍。

不过，法医考古领域的研究人员通过 DNA 分析，结合出土位置、历史记录、遗物特征和骨骼形态等，基本可以准确判断某些人或者某个人是中国人还是日本人。

第二十章
全面战斗已经打响

"虎虎生威侦查小队"跟着朱聪再次来到他的老家。他们在老宅中只看到夜壶、烟枪等当年的生活用品,并没有太大收获。不过,他们在老宅后面发现了一个仓库,里面堆满了各种陈年的花种。

"想不到朱聪的爷爷爱养花。"欧阳晴晴说道。

这句话突然点醒了王小虎,他马上带着大家赶到了那片红景天花海。路过的几位老人都说,这片花海从他们记事起就有了。

四人在花海中徘徊,于山腰隐蔽处,发现了一间破败的小屋。推开门,尘土和蛛网扑面而来,屋里杂乱不堪,透露出一股荒芜的岁月感。

他们在小屋里小心翼翼地搜寻着,看到一个物件就拿起来查看一番。最终,他们惊喜地找到了一个水壶,水壶上依稀可辨几个汉字"朱有为",水壶里还有一块布满淡褐色斑块的棉布。

"好奇怪啊,这棉布为什么塞在水壶里?"欧阳晴晴疑惑道。

"而且这棉布为什么这么脏?"胖墩道。

"不是脏,我怀疑,这是血迹!"王小虎道。

众人齐问:"血迹?血迹怎么会是这个颜色?"

"我以前参观过抗战烈士纪念馆,里面展出的带有烈士血迹的棉服,颜色也是这样的。"王小虎语气笃定。

"可能是因为过去了太长时间,血迹变得越来越淡?"李思特摸着下巴猜测道。

"不管怎么样,咱们先把它带回实验室。"王小虎小心地把棉布收好。

除了这块棉布,他们在研究这个水壶的过程中,还在壶里发现了几粒彼岸花的种子……

第二十一章

冥冥之中

王小虎盯着水壶,脑海中突然闪过"少年铁血队"烈士的身影——在长白山出土的水壶里,同样藏着彼岸花的种子。更奇妙的是,眼前的水壶和"少年铁血队"的水壶在模样上也很相似。

王小虎一下怔住。冥冥之中,似乎有一根奇妙的线,正把所有事情串联起来……

走神间,他一个趔趄踩到了小屋后院一个堆满碎瓦砾和石块的地方,上面还有几个盆栽。脚底下传来的坚硬触感,让他瞬间警觉:不对劲,这下面太硬了,不像是普通泥土。

他们一起扒开瓦砾和石块,搬走了盆栽,随后地面

上出现了一扇铁门。周围都是泥土,唯独这里是铁门。在岁月的侵蚀下,这铁门竟然还完好无损,泛着冷硬的光,似乎在守护着某个不为人知的秘密。

王小虎正犹豫要不要打开看看里面时,兜里的手机突然响起。

他迅速接起电话,陈队长焦急的声音传来。

"有紧急情况,速回实验室!"

……

回到实验室时,眼前的景象让他们心里一惊,门口的保安比平时多了两倍,园区围墙外也有巡逻的保安。陈队长正以"安保科长"的身份,在门口教训一名年轻保安,告诉他自己的职责。

见到"虎虎生威侦查小队"回来了,他佯装生气把他们喊住,问他们是否有进出证。随即,他偷偷在王小虎耳边说:"一个小时后,何教授办公室见。"

一个小时后,在何教授的办公室里,陈队长说明了紧急把他们叫回来的原因。

"一个好消息,一个坏消息。你们要先听哪一个?"

第二十一章
冥冥之中

陈队长脸上的表情异常凝重。

王小虎和欧阳晴晴对视一眼,心都提到了嗓子眼。他们还是第一次看到陈队长这么焦急,这比之前所有线索都断了时还要令人不安。

"坏消息是什么?"王小虎问。

"我们查到,间谍已经获得了实验室完整的DNA技术,以及国家DNA数据库的信息。"

陈队长话音刚落,四人大惊失色,这份资料如果被国外组织买去了,后果不堪设想。他们仿佛能看见国家机密正飘向危险之地。

"那好消息呢?"欧阳晴晴问。

"好消息是——交易还没发生。我们以临时举办安全演练的名义,停掉了实验室内所有的网络,时间为一周。在这期间,在实验室内无法使用局域网,手机信号也会被屏蔽。"

"你们要逼间谍尽快进行线下交易?"李思特问道。

"没错,就是这个目的。"陈队长起身,走到他们跟前,"而且我敢肯定,他们知道我们已经发现数据被盗,

也知道安全演练是幌子。所以,他们一定会想办法尽快交易,这一着急就容易露出马脚。我们要找到他们露出的马脚,在他们完成交易之前把间谍抓住。"

"为什么不直接挨个儿审讯呢?"胖墩疑惑地问道。

"第一,审讯不一定能抓住间谍。间谍受过专业训练,抗压能力比一般的科研人员要强得多。在实验室里搞审讯这一套,反而容易导致真正的科研人员在高压下说出对自己不利的证词;第二,如果把对方逼得太狠,他们很可能会立马分发已经获取的信息,即便当下不能完美解码;第三,很可能不止一个间谍。我们挨个儿审讯,如果不能把所有间谍都找出来,反而会让漏网之鱼有机可乘……"

陈队长一口气说完了三个原因,何教授补充道:"因为涉及国家安全层面的机密,你们要注意不能把消息泄露出去。"

为了能够仔细观察安全演练期间所有科研人员的状况,何教授按照时间和区域对"虎虎生威侦查小队"进

第二十一章 冥冥之中

行了分组，毕竟大家都是学生，体力比较有限，睡眠和休息也很重要。同时，考虑到隐藏行动的必要性，何教授给他们安了一个新的身份——安全演练监督员，让他们可以光明正大地四处走动，暗中观察，看到有人没按照安全手册执行，就可以进行引导。

然而，几天观察下来，一点儿可疑迹象都没有，众人心里像压了块石头。

王小虎这时突然想起一件事。那天在朱聪老家找线索，突然被陈队长的一通电话召回后，他就一直没时间去仔细思考当天的那些发现。现在，他又想起了那扇神秘的铁门，便掏出手机拨给了朱聪。

"你爷爷待过的那个小屋后院地上的铁门下面有什么？"

朱聪的语气很诧异："我不知道，哪里有铁门？"

王小虎把那天他们几人发现铁门的事情告诉了朱聪，又对他道："你回去看看铁门下面有什么，再拍一些照片带回来，说不定能找到证明你爷爷身份的线索。"

手机里，朱聪的声音由疑惑转为兴奋，当即应允。

几天后,他再次来到了园区,脸上带着抑制不住的激动。

"下面是一个仓库,在里面找到一些很陈旧的食品罐头、头盔、军服,还有不少水壶……"他说道。

王小虎一拍手掌:"果然被我猜中了。你爷爷可能真的是隐蔽战线的一员!"

他记得与"少年铁血队"烈士遗骸一同出土的一些遗物,比如水壶、枪支、帽子等,因为要留作纪念馆的展品,进行了特殊的保留处理。所以,他已经有了能够证明朱聪爷爷身份的办法了,但他没有直接告诉朱聪,毕竟眼下间谍未除,人心难测,任何一个人都不能完全信任。

通过这个办法,还可以解决另外一个更加棘手的问题,那就是长白山挖掘出的那两具成年人遗骸DNA样本遭到污染的问题。用了这个办法后,实验室就可以再次采集到那两具骸骨的DNA了。

王小虎还想要比对一下朱聪爷爷地下室里的水壶和长白山上发现的"少年铁血队"队员们用的水壶是否长得一样,如果一样的话,是否属于同一批水壶。他还想要验证

第二十一章
冥冥之中

一下"少年铁血队"队员水壶中的彼岸花种子,和朱聪爷爷家花庄中发现的彼岸花种子是不是有亲缘关系……

王小虎马上叫来欧阳晴晴、李思特和胖墩一起去找何教授和陈队长。

路上,四人又遇到了马老师。马老师有些生气,板着脸质问道:"怎么又开始偷懒了?就最后几天了,你们怎么一点都不珍惜参加研学的宝贵机会!"

胖墩小声回答:"我们是要去找何教授和陈队长……"

"陈队长?"听到这个称呼,马老师露出狐疑的表情,"那个安保科长?"

"才不是呢,其实他是警……"眼看胖墩还要说出更多秘密,王小虎和欧阳晴晴一人一只胳膊拉住了胖墩,然后有些戒备地看着马老师。

马老师见状,哈哈大笑起来:"他是谁?他不就是管理保安的吗?今天就算了,你们去学习吧,下次再让我看见你们不学习,到处乱跑,可就要罚你们了!"

马老师说完大踏步走了,王小虎和欧阳晴晴对视一下,心中的疑虑像野草一样疯狂滋长。

文物比对：两个从地下挖出来的一模一样的水壶，是"战友"吗

很久很久以前，有两个水壶，它们经历了战争，经历了风吹雨打，被埋在了地下。

现在，它们被人们从土里挖了出来。如果你问："能否知道这两个水壶是不是同一个工厂造的，属不属于同一批？"

科学家会告诉你："当然可以！"

虽然两个水壶不会说话，但科学家可以通过痕迹和材料等线索来找到答案。首先，他们会对水壶进行外形对比，看看它们是不是长得一模一样；其次是材质分析，确认它们是不是用同一种金属制造；再次是铭文分析，也就是看水壶上有没有一样的编号、印章之类的；这之后是残留物分析，就是看水壶上附着的物品，比如泥、灰、植物、火药残留等是否相同；最后一步是年代测定，这个一般通过放射性碳测定，可以精确测定水壶存在了多长时间。

第二十二章

揪出间谍

何教授听了关于朱聪爷爷的事情后，目光里满是对英雄的敬重与惋惜，说道："小虎，那批水壶和彼岸花的种子我马上安排人检测。如果你的推测是真的，我们应该尽快还人家清白，不能让英雄一直蒙受这种不白之冤。"

王小虎的眼睛瞬间亮了起来，兴奋地喊："太好了！"陈队长沉思了会儿，突然道："长白山那两具成年人遗骸旁被子弹打穿的水壶上，是不是应该沾上了他们的血液？不知道有没有可能从中找到残留的DNA呢？"

陈队长转头问何教授："老何，这个可行吗？"

"理论上可行，但难度非常非常大。只能说我们会尽力，最终能否成功，还要看运气。"何教授苦笑着说，

"这次,我会亲自检测水壶,如果有生物痕迹,我亲自提取和分析,整个鉴定工作也由我亲自负责,绝对保密,不让除了我们之外的任何人知道。"

陈队长却摆手道:"不,这次我们就是要透露出去。"

"啊?"胖墩吃惊地说,"那不就被间谍知道了?陈队长你在开玩笑吧?"

"以这个间谍的个性,我百分百确定他会再次破坏鉴定工作。"李思特冷静分析。

欧阳晴晴跟着点头,也向陈队长投来不解的目光。

陈队长面不改色,解释了自己的计划。原来,他这次要"引蛇出洞"!

也就是说,他会故意放出消息,说何教授从别的地方检测到了那两具成年人遗骸微量的DNA片段,并成功进行了分离,确定可以进行鉴定;还要透露公安部门也已经在调查数据泄露的问题……

他加重语气:"我还打算放松表面的检查,给间谍留出破坏实验结果并抽身逃离的可乘之机!"

看到欧阳晴晴三人都目瞪口呆,一副无法理解的样

第二十二章 揪出间谍

子,王小虎却嘿嘿一笑:"陈队长的计划我完全理解,那个给间谍逃出去的机会,实际上是个陷阱,对不对?只要间谍往外跑,我们就收网,把间谍抓个正着!"

陈队长轻咳了一声,说道:"不,是真的给一条逃出去的通道。面对资深商业间谍,假的逃跑通道是没有任何意义的。只有真的逃跑通道,才会令间谍铤而走险。"

随后,陈队长依计划行事,放出消息,减弱了巡逻强度,也减少了外围布控的人数。

"现在这种时刻,间谍一定千方百计地想要做两件事:第一,毁掉何教授那里的样本;第二,逃出实验室。所以,我们要以毫无威胁的方式,接近重点关注对象,让他们觉得我们是可以利用的对象,从而主动对我们暴露。"王小虎摩挲着下巴,说出了自己的计划。

于是,"虎虎生威侦查小队"开始在实验室里四处"游走",同时密切关注每一个人的动态,特别是他们定下来的重点关注对象。

关注度排第一位的是马老师。

自从那天马老师突然关心陈队长的身份后,王小虎

就对他起了疑心。马老师平时照顾他们的日常生活，他们也不太防着马老师，有什么说什么。如果马老师是间谍，可能早就被他偷听去了不少信息。这也能解释，为什么他们全程被算计，实验室还被盗取了所有数据。

关注度排第二位的是赵宁。

王小虎说出这个名字的时候，大家都很诧异。在他们眼中，赵宁已经做了很多年何教授的助理，肯定不会有任何问题。但王小虎说出了自己心中最大的疑惑：间谍有能力在备用电源开启时下载数据；能够接触到寄至实验室的信件，用假的DNA样本替换实验室里的样本；即便在严防死守之下，仍能窃取全部数据。

"我就问你们，能做到这三件事的，整个实验室除了何教授，还有谁？"王小虎发出了振聋发聩的提问。

这话像一记重锤，砸得众人都若有所思地点了点头。

很快，面对实在过于"无所事事"的四人，实验室里的很多工作人员向他们提出了帮助需求。比如，有人想请他们去仓库取打印机的墨盒，有人想要他们帮忙在

外国间谍进入DNA实验室可能会做的事情

1. 窃取敏感数据：一些国家的DNA实验室会收集特定人群的遗传信息，如疾病易感性数据、特殊基因特征等。这些信息非常重要，也最有可能成为间谍的目标。根据这些数据，可以开发出针对特定人群的生物武器，或分析特定民族、地区人群的遗传弱点，为未来可能的生物战、基因歧视等提供数据支持。

2. 破坏科研成果：若DNA实验室正在进行重要的科研项目，如基因治疗技术、新型疾病诊断方法等的前沿研究，间谍可能通过破坏实验设备、污染样本、篡改数据等方式阻碍科研进展，削弱该国在生物科技领域的竞争力，使科研成果无法顺利转化应用，造成巨大的科研资源浪费和时间损失。

3. 获取技术机密：DNA实验室通常掌握着先进的分析方法和专利技术。间谍会试图获取这些技术机密，传递回本国或其他组织，帮助其提升相关领域的技术水平，打破实验室所属国家的技术优势，损害其科技利益，并削弱其竞争地位。

两个实验室之间传递文件……

总之,"虎虎生威侦查小队"变成了每个人的"万能小助理"。四人像上了发条的陀螺,从晨光熹微忙到暮色降临。

晚上八点多的时候,他们终于支撑不住了,一个个都腰酸背疼,浑身像散了架,只想马上回宿舍洗澡睡觉。

这时,马老师突然找到了胖墩,想让他帮自己回宿舍关灯。

幸好现在的胖墩已经变机灵了。他表面上答应马老师马上去办,心里却绷着弦,转头就跟王小虎说了这件事。

与王小虎料想的一样,马老师如果有什么问题,一定会找胖墩。只是,为什么要让胖墩去他的宿舍帮忙关灯?他自己回一趟宿舍关掉灯有什么困难吗?

当然,也不排除马老师真的很忙,忙到没时间关灯。

总之,为了安全起见,王小虎让胖墩和李思特一起去宿舍。他自己则和欧阳晴晴分别盯着马老师和赵宁。

胖墩和李思特到马老师的宿舍一看,不仅门开着,

第二十二章 揪出间谍

灯也开着。两人环顾宿舍,心中啧啧赞叹:"马老师的宿舍怎么比我们的干净这么多!"

胖墩想起此行的目的,伸手去按开关。结果,他刚按下开关,整个园区就都停电了。

黑暗瞬间吞没了周围一切,把胖墩吓得哆嗦了一下。更离谱的是,备用电源竟然没有自动启动,整个实验室陷入深深的黑暗中……

这时,宿舍楼火光乍起,似乎是着火了,人们纷纷朝那里奔去。

见此情形,王小虎知道间谍肯定要行动了。

与此同时,他跟踪的马老师突然从他的眼前消失了。王小虎四处寻找,猛地发现一个全身包裹得严严实实的怪人朝实验室的方向走去——即便是大热天,他也还是戴着墨镜和口罩,穿着很厚的外套。

没错,就是这个打扮!

王小虎赶紧跟了上去,边跟踪边想:"这应该就是上次夜闯实验室的那个怪人吧?这次一定要把他抓住,让一切水落石出!"

王小虎小心翼翼地跟着那人,在断电的情况下,各种门禁都失效了,那人也顺利地进入了何教授的实验室,径直走向检测室。

就是现在!

王小虎迅速掏出手电,冲着实验室里面大喊:"里面的人听着,你已经被包围了!"

看到手电光线的那一刹那,怪人明显慌了,四处找藏身之处。

那怪人眼见没地方可躲,就干脆转过身,看到只有王小虎一个人后,他全部包裹起来的身体抖了抖,发出"嘿嘿"的声音。他猛地朝王小虎冲了过来,看来是想迅速击倒王小虎,然后跑出去。

只不过他想得太简单了,就在他挥拳打向王小虎的时候,潜伏在暗处的陈队长突然出现,一把抓住怪人的手,一招"擒拿手",就把他制服了。便衣警察紧随其后冲出,将他完全控制起来。

"让我看看你是谁!"王小虎冲上去,一把扯掉了怪人的口罩和墨镜。

第二十二章
揪出间谍

看清怪人脸的那一瞬，王小虎怔住了。他虽然心中早有怀疑，但当直面真相时，还是不免感到不可思议——怪人竟然真的是马老师！

马老师可能是间谍之一，这点王小虎已经有了心理准备，那么上次潜入实验室的怪人也是他吗？王小虎总觉得哪里怪怪的。

"不好！"他惊呼。

就在此时，何教授从实验室走了出来，说道："幸好在大断电前已经完成了！"

说完，他递上了两张打印出来的人像照片——长白山发现的那两具成年人骸骨的容貌复原图。

看到其中一张照片后，王小虎大喊："陈队长，欧阳晴晴可能有危险！"

因为这张复原的脸，和赵宁长得竟有九分像！

第二十三章

英雄归队

欧阳晴晴攥紧衣角,心如擂鼓,一种前所未有的绝望和恐惧吞噬了她的心——她觉得这次自己可能真的会葬身于此。

上次被绑架时,她已经被死亡的阴影笼罩过一次,可此刻的危机,比那时更加汹涌。

她追踪着赵宁,不知不觉就离开了华夏DNA实验室。她没有想到,在实验室某个毫不起眼的变压器下面,竟然藏有一条仅容一人通过的地道,就像电影里特务逃生的机关。

欧阳晴晴看到赵宁进入变压箱后没出来,犹豫再三,还是被好奇心与责任感驱使,跟了进去。

地道里弥漫着尘土的味道，狭窄的空间令人喘不上气。欧阳晴晴看看手机，没有信号，她无法通知其他人。

她咬咬牙，心中天人交战。如果她不马上跟上的话，赵宁一旦逃脱，可能连陈队长他们也没有办法再追踪，国家技术机密和DNA数据库都将沦为间谍交易的筹码。可是跟上去，一定会非常危险！她知道，如果王小虎在这里，或者其他任何一个"虎虎生威侦查小队"的队员在这里，都会告诉她："马上去找陈队长，让他来处理，你不要去，太危险了！"

她犹豫了片刻，还是凭着一腔孤勇跟了上去。这么重要的机密和数据，绝对不能让间谍偷走！

爬过地道后，她发现自己已经在实验室外面了。本来，进入安全演练状态后，这里每隔几米就有一个安保人员，但昨天为了"引蛇出洞"，陈队长撤走了这些地方的安保人员，这也是赵宁会选择这条路径逃走的原因。

欧阳晴晴一边跟着前方的身影，一边时不时查看手机，但信号还在屏蔽中。显然，前面的赵宁也在不停查

第二十三章
英雄归队

看手机。

终于,他停下了脚步,看了看手机后,四处张望。

"有信号了!"欧阳晴晴找了棵大树作掩护,掏出手机后迅速将位置共享发送到小队群里。

就在此时,她看到一辆没有开灯的大车开到了赵宁身前。

车子停下后,从车上下来了两个人。看到那两人,欧阳晴晴瞪大了眼睛:其中之一居然就是那个消失了的网红"甜心小草莓";另外一人,看那矫健的身姿,像是和自己交过手的那个家伙。

"金爷呢?"赵宁问道。

和欧阳晴晴交过手的家伙说:"在哈莫,到了那儿就和你见面。"

赵宁看了看"甜心小草莓"道:"这几天你们一定很忙吧?解开下载数据的密码了吗?"

"甜心小草莓"嗔笑道:"哥,我们怎么可能解得开!所以金爷才会让我和剃刀来接你呀。"

欧阳晴晴暗暗思忖,金爷,他们口中的金爷到底是

谁?哈莫她是知道的,那是一个北方的边境城市。看来他们是想要在那里出境。

那个被称为"剃刀"的男人看着赵宁说:"钱,金爷已经打了,你告诉我们密码吧。"

赵宁警惕地往四周看了看,说:"先带我离开这儿再说。"

眼看赵宁他们要走,欧阳晴晴心急如焚,她只知道不能让他们离开这里。一旦离开,交易成功,国家损失将难以估量。

她一拍后颈的芯片处,启动了最高级别战斗力,像勇士冲锋,义无反顾地冲了出去。

"你们不能走!叛徒,卖国贼!汉奸,走狗……"欧阳晴晴直接冲到了他们跟前,对着他们一通骂。

这气势汹汹的一幕,反倒让赵宁他们三人一下有点不知所措,赵宁一开始甚至还被吓得一哆嗦,以为自己已经落入陈队长布下的陷阱中。

等注意到只有欧阳晴晴一人后,三人才松了口气。

剃刀冷冷开口:"这小丫头我知道,和我打过,有点

第二十三章
英雄归队

功夫。"

"她看到我们了,要不要处理掉?""甜心小草莓"人长得很甜美,说出的话却狠戾得令人心惊。

赵宁眼珠一转,阴恻恻地开口:"带上她,多个人质。"

剃刀点头,随后猛地朝欧阳晴晴冲过去,飞起就是一脚。

一切都太突然了,欧阳晴晴甚至都来不及摆一个标准的咏春"问路手",两人就已经缠斗上了。交手没一会儿,她就意识到,就算她启动了生物芯片的最高战力,也只能和剃刀打个平手。

赵宁看了一会儿,渐渐失去了耐心:"用你的芯片能力,快点解决她!"

剃刀点头,伸手在自己脖子后面按了一下。他的眼中射出一道金光,霎时间,进攻的速度和力度都增加了几十倍!

欧阳晴晴这才惊觉,原来这个剃刀也植入了生物芯片,且战力远超自己。他动作快得近乎鬼魅,每一次出

击,都带着碾压性的威慑。

欧阳晴晴撑了几个回合,就已经完全处于下风了。要不是她意志力极强,只怕挨了那几下重击后,就已经晕倒在地了。

当她第三次从地上爬起来的时候,赵宁不耐烦地催促:"剃刀,快点,巡逻队伍要来了。"

剃刀惋惜地看着欧阳晴晴道:"以你的年纪,有这身手真的很不错了,可惜你遇到了我!"

剃刀再次一脚踹向欧阳晴晴的胸口,她瞬间痛晕了过去。在晕过去的刹那,她脑中还在不停地问自己:我有没有争取到足够的时间?小虎他们有没有锁定间谍……

欧阳晴晴醒来时,发现自己在颠簸的车里。她一边继续假装昏迷,一边在心中默默祈祷:小虎啊小虎,你们可一定要叫来警察叔叔跟上啊!

这时,"甜心小草莓"的惊呼传来:"妈呀,居然有无人机跟着我们!"

她从车里拿出一个无人机干扰器,嘿嘿一笑:"幸好

第二十三章
英雄归队

我早有准备。"

只见她按下按钮,无人机就从空中坠落了下来。

剃刀怒气冲冲地对赵宁道:"你为什么要污染那两具骸骨的DNA,导致我们后续不得不陪你演这么多出戏,还损失了一些人!搞得这么危险,这次能不能逃脱还不一定……"

赵宁也气得咬紧牙关:"你们用我太爷爷是叛徒、是汉奸这点来要挟我,现在还怪我污染那两具骸骨的DNA样本?"

欧阳晴晴听到有无人机时,心中一喜,这表示王小虎他们已经跟上来了,但在听到有一具骸骨是赵宁他太爷爷后,又一下呆住了。

"从小到大,我一直以为我的太爷爷是英雄,没想到他居然是汉奸,而且还是在出卖杨靖宇将军的路上,被一个叫王传功的人杀了。"赵宁说完,叹了口气道,"为什么我不是英雄的后代?为什么我偏偏是个汉奸的后代?为什么还偏偏被你们发现了?为什么要逼我也成为一个汉奸?"

"那你毁掉你太爷爷的DNA样本就行了,为什么要把两具骸骨的都毁了。"剃刀显然完全不想理会赵宁的自怨自艾,问出了欧阳晴晴想问的问题。

"一来,只毁掉我太爷爷的DNA,目的性太明确了,实验室一定会想方设法重新找到他的DNA再次复原;二来,另一具骸骨很可能就是杀死我太爷爷的王传功,想到他要作为英雄荣归故里,我就不舒服,所以干脆就一起毁掉!"

赵宁说完,还发出了怨毒的笑声,剃刀和"甜心小草莓"也发出了附和的冷笑。这笑声在狭小的车厢里回荡,格外令人毛骨悚然。

欧阳晴晴在心中暗骂:都是汉奸!

就在这时,她感觉到有只手伸了过来,吓得她战栗起来。赵宁迅速地从她的口袋里抽出了手机,看了一眼后直接打开车窗,将手机丢出了车外。

"小兔崽子!原来你装晕,还开了位置共享!"赵宁气得直跺脚。

欧阳晴晴哼了一声,说道:"你们就等着被抓吧!"

第二十三章
英雄归队

剃刀也慌了:"赵宁,你马上把数据发给金爷。草莓,我们换目的地,不去哈莫了,我也通知金爷一声。"

赵宁点头,迅速用手机发送数据后道:"已经发送。"

剃刀查看后却黑着脸说:"没有发啊。"

"发了啊。"赵宁拿出手机给他看。

剃刀再次查看后脸色更难看了:"赵宁,金爷可不是能被你这样忽悠的。"

赵宁疑惑不解,再次确认手机,一下跳了起来,脑袋撞到车顶,疼得叫出声!

他盯着手机,脸色煞白,声音也颤抖了几分:"我们……我们被IP劫持了,我登录的网站是假的,我输入的密码也已经被他们窃取了!"他再去查看上传到海外服务器的数据包,果然显示已经被删除。

他愤怒地望向欧阳晴晴:"你们是什么时候在我手机里装了劫持软件的?"

"什么是劫持软件?"欧阳晴晴一脸无辜地问道。

就在此时,车子突然急刹车停了下来,赵宁差点撞到门上,他愤怒地冲司机大喊:"你找死啊!"

结果话刚说完,司机便大叫着打开门,一溜烟跑了,留下车里的赵宁、剃刀和"甜心小草莓"面面相觑。

"出什么事了?"赵宁问道。

剃刀摸索了一下,从口袋里掏出了一把尖刀。

"甜心小草莓"吞了口唾沫,说:"要不,剃刀,你先下去看看?"谁知剃刀狠狠瞪了她一眼,说:"你下去!"

"甜心小草莓"干笑了一下,说:"那我先坐车里看一看。"

就在"甜心小草莓"扭过头往外看的时候,赵宁突然打开门,一脚就把她踹了下去,随后利索地关上了门。

"啊!快开门,快开门!"车外响起了她凄厉的叫喊声和拍门声。

"你快看看外面到底怎么回事!"赵宁喊道。

"外面……外面——""甜心小草莓"的声音戛然而止,任凭赵宁怎么追问,都没有了回音。

赵宁和剃刀诧异地互相看着对方,随后又一起望向了欧阳晴晴……

第二十三章 英雄归队

"你带着她,我们一起冲出去!"赵宁对剃刀说道。

剃刀点点头,一把抓住欧阳晴晴的胳膊,推着她下了车,赵宁跟在后面东张西望。欧阳晴晴匆匆看了看四周,发现是一片树林。她心想:看来是陈队长和小虎他们来了。糟糕!我必须提醒他们这个剃刀也有生物芯片,战斗力爆表。如果他们不知道的话,会吃大亏的!

车子停在一片树林中,四周一片寂静,而司机和"甜心小草莓"已不知去向。

蓦地,树林中传来了声音。

"欧阳晴晴!我们来救你了!"

"有我们在,你放心,你百分百是安全的!"

"……还有我!队长!"

听到这熟悉又嘹亮的声音,欧阳晴晴的眼眶一下就湿润了。

"你们快跑!拿刀的这个人不仅会功夫,他也有生物芯片,速度和力量超过常人几十倍!他很危险!"

欧阳晴晴马上出声提醒。静寂了几分钟后,树林中却突然响起了笑声。

剃刀听到笑声,怒喝道:"有本事就出来!躲在树林里算什么英雄?"

"你要我出来我就出来,那我多没面子。"是王小虎的声音。

"那你要怎样才肯出来?"

"这样吧,我出来的话,你就放了欧阳晴晴。"

"没问题。"剃刀晃了一下刀,心里却盘算着:先假装答应,等把人骗出来就把他们都解决了。

欧阳晴晴马上喊道:"别信他,他就是想骗你们出来。"

然而,欧阳晴晴话音刚落,王小虎、李思特和胖墩已经从树林中走了出来。三人脸上都沾着些残留的酱汁。

王小虎挠着头说:"不好意思,欧阳晴晴,你提醒得晚了。"

欧阳晴晴气道:"那快回去呀。快去找陈队长!"

"我不回去,我们小队从一开始就是四个人,如果不是四个人一起回去的话,我是不会走的。"

"我们也是这个意思。"李思特和胖墩异口同声道。

第二十三章 英雄归队

"你们……你们……是傻瓜……"欧阳晴晴的泪水抑制不住地滚落下来。

听到四人之间的对话,剃刀感觉自己被完全无视了,这令他十分气愤。

"你们四个家伙!很好,很好,那今天就把你们都解决了!"

剃刀心里很急,他没看到陈队长,觉得陈队长可能还没赶到。但他担心再拖下去,陈队长和警察就追上来了,得快速把这些孩子都解决了。

这时,他突然察觉到身后有人,连忙挥刀往后刺去,后面的来人弯腰躲过后接了一个扫堂腿,直接把他整个人撂倒在地,随后上前一把抓住他的右手,一拧,就把刀夺走了。

众人看去,正是陈队长!

"陈队长好棒!"大家欢呼起来。

这次的抓捕行动是陈队长临时决定的。

事实上,他们根据欧阳晴晴发来的定位,一直跟在后面,无人机也从空中进行追踪。但是很快,无人机受

到干扰坠落了,欧阳晴晴的手机也被发现丢在了路上。

王小虎慌了,山林茫茫,如果无法锁定对方的车辆,可能真的会让他们逃脱,欧阳晴晴的安全也会成为未知数。陈队长也表示,虽然增援十分钟后就会到,但如果丢失了跟踪的车辆,后果不堪设想,特别是欧阳晴晴的生命安全无法保障……

这时王小虎有了一个主意:他们三人配合演戏,陈队长暗中解决对手。

首先,他们用胖墩带的夹心面包里的巧克力酱和番茄酱,把自己的脸涂得狰狞可怖,再站在黑黢黢的路中间,翻着白眼,扮着吓人的鬼脸冲开车的司机胡乱摆动手臂。司机被吓得急刹车,惨叫着丢下车就跑了。

随后,他们又派出胖墩,跳起了"甜心小草莓"在直播间经常跳的舞蹈,成功地吸引了她的注意力。陈队长偷袭得手,一招就打晕了她,并把她拖到树后藏起来。

最后,他们三人同时出现,陈队长再次借助夜色掩护,来到了剃刀身后,一招制敌。

然而,陈队长虽然擒住了对手,脸上的表情却有些

第二十三章 英雄归队

怪异,甚至可以说是痛苦。

王小虎疑惑道:"陈……陈队长,你这是怎么了?"

陈队长牙关紧咬,发出一声闷哼:"这、这人的力气也太大了吧?"

原来在他擒拿住剃刀后,剃刀反手就抓住了他的手腕,缓缓发力。陈队长的表情越来越扭曲,最后不得不松开手,整个人就地一翻滚,来到了王小虎、欧阳晴晴他们身前。

王小虎赶紧去查看陈队长的右手手腕,五个触目惊心的紫黑色手指印清晰可见!可想而知,刚才剃刀的握力有多么可怕。

剃刀冷笑一声,叫嚣道:"就凭你们几个还抓不了我!"

赵宁见到陈队长擒住剃刀,原本已经吓得心都跳到嗓子眼了。此刻局势扭转,他顿时放松了下来,得意扬扬地说:"怎么?看到厉害了吧?"

陈队长看了看伤得不轻的欧阳晴晴,再看看王小虎、李思特和胖墩,从四人的眼神中得出同一个结论:"陈队

长,打这人不用指望我了"。

陈队长正色道:"你们离得远一些,我要发挥真正的本领了,怕不小心伤到你们。"

王小虎、李思特和胖墩一听,赶紧搀扶着欧阳晴晴后退了十多米。陈队长摆摆手,示意他们再往后退,于是众人又后退了十米。没想到,陈队长看了眼,还是示意他们继续退。就这样,他们愣是往后退了近百米,陈队长这才满意地点了点头,表情也严肃起来。

这一来,剃刀也紧张起来,默默地把生物芯片的效能调到了最高等级。

只见陈队长深吸一口气,做出太极的动作,说道:"我知道你植入了生物芯片,而且比欧阳晴晴的还要高级,可是你却不知道我的真本事。"

剃刀皱着眉头,死死盯着陈队长:"你的功夫是不错,可惜你没有生物芯片,本身的力量和速度完全没法和我相提并论!"

"你错了。"陈队长举着双手在空中画了一个八卦道,"我其实是一个机器人。我的力量是人类的3600倍!我的

第二十三章 英雄归队

一拳简直可以说是毁天灭地!"

因为陈队长平时做什么事都一本正经,所以"虎虎生威侦查小队"的所有人都信以为真。大家目不转睛,都在心中惊叹自己居然没发觉陈队长原来是机器人。

"我要出招了!全力一击!"陈队长冲着剃刀突然劈出一掌,随后转身就跑,边跑边冲王小虎他们喊:"快跑到车上!"

剃刀足足愣了五六秒钟,才明白自己被陈队长给耍了!他根本就不是机器人,也不会太极拳,他就是在为他们一群人的逃跑争取时间和空间。

"别想跑!"谁能想到呢,原来明明是陈队长和"虎虎生威侦查小队"在追剃刀等人,现在变成了剃刀追他们了。

赵宁瞬间察觉到有问题,朝着冲向树林深处的剃刀大喊:"别追啊,笨蛋!"

但是没有用,因为剃刀的速度太快了,快到他话音刚落,剃刀已经消失在树林中了。

剃刀刚跑进树林,就明白自己中计了。

树林里太黑了！人的眼睛适应黑暗需要过程，骤然进入的他就像被一层厚重的墨纱罩住。

果然，剃刀遇上了欧阳晴晴负伤之下的奋力一击。不过此刻在他眼中，欧阳晴晴的攻击速度慢得跟90岁老太太耍太极似的。他随便一脚，就把欧阳晴晴踢飞了出去。

见此情形，王小虎飞扑上去，成功做了欧阳晴晴的人肉垫子。欧阳晴晴落地后惊讶道："咦，屁股不疼呢。"

王小虎在她屁股底下哀号："你当然不疼啊，因为有我给你当垫背的啊！"

剃刀看了两人一眼，冷哼一声。他根本没把欧阳晴晴和王小虎放在眼中，他的目标只有一个：陈队长。

双眼逐渐适应了黑暗之后，他一下就发现了躲在不远处一棵大树后的李思特和胖墩。

剃刀迅速欺身上前，一手一个，像拎小鸡仔一样拎起二人，丢到了王小虎和欧阳晴晴跟前。

他朝着树林深处大喊："你要是再不出来，这四个孩子都得死！"

第二十三章 英雄归队

"你敢！"陈队长的声音从剃刀身后传来，他一跃飞上剃刀的后背，随后一掌砍向剃刀的脖子。

"叭！"

他准确命中了剃刀的脖子，但那脖子坚如顽石。陈队长一愣，随后一阵钻心的疼痛从手掌处传递而来。

在陈队长怔愣之际，剃刀对着他的腹部猛击一拳，又跃起一脚飞踢，陈队长向后飞出，撞在一棵树上，瘫倒在地。

见剃刀冷笑着朝他们四人走来，王小虎急得满头大汗，他知道这个剃刀要下死手了。如果他不能在这个时候想到办法，他们都会死在这里。

怎么办？怎么办？

这时，他想起之前何教授在得知欧阳晴晴身上植入了生物芯片后，曾检查过这个装置。当时他还问何教授："生物芯片是不是承担着辅助大脑的作用？"

何教授当时告诉他："生物芯片很神奇，更像是人安装了一个计算机大脑，由这个芯片来指挥人体各器官的

运作。"

"为什么它可以控制人体所有的器官?"

"因为人体大脑控制器官的方式已经被我们人类破解了,人类已经完全解析了大脑发出的每一个指令,并成功将其转化为计算机能理解的二进制语言。既然如此,计算机也可以将二进制语言逆向转化为神经元信息流,从而控制身体的每一个部分。"

计算机大脑?二进制?

王小虎感到脑中一扇大门"哗"的一声打开了。

他马上从欧阳晴晴屁股底下钻出来,小声对李思特说:"一会儿我们和他周旋的时候,你乘机入侵他的生物芯片,获得他身体的控制权。李思特,这件事只有你能做到。"

李思特瞬间明白了王小虎的计划,也从地上爬起来,坚定地点点头:"我估算过了,只要给我三秒钟的时间,让他的生物芯片正对我,百分百能完成任务!"

王小虎立刻把计划告诉了欧阳晴晴和胖墩,随后他望向了正从地上爬起来的陈队长。他们之间好像有某种

第二十三章 英雄归队

默契,陈队长冲他点了点头,似乎是在说:"小虎,相信你的判断,我会配合你。"

此时,剃刀已经走到了他们跟前。他扫视一眼,决定先除掉知道最多,也最危险的欧阳晴晴。

他举起手,把力量集中到手掌。这一掌只要劈在欧阳晴晴的脑门上,她就必死无疑了。

他大喝一声:"去死吧。"随即一掌拍下!

千钧一发之际,王小虎突然大喝一声:"爸爸!"

这一声"爸爸"令剃刀动作停滞了一秒钟,借着这个时机,王小虎、胖墩一拥而上,一人一边缠住了他的胳膊。

他正要挣脱,却感觉身后一阵寒意。他迅速转身,就看到陈队长闪电一般冲到了他的跟前。

剃刀抬腿踢去,不想陈队长一个侧身,躲过他这一脚以后,居然和王小虎他们一样,如挂件般直接面对面缠在了他身上。

剃刀傻眼了——还有这种打法?这三个人都是树懒

转世吗?

剃刀迅速汇聚力量,只要几秒钟时间,他就可以将三人全部甩出去。

就在这时,一个声音犹如催命符一样传入他耳中:"接下来看我的!"

声音刚落,剃刀只觉脑中一阵剧痛,随即那股汹涌的力量消失了,他整个人瘫倒在了地上。

剃刀发出了哀号:"我……我不能动了?你到底是什么东西?对我的生物芯片做了什么?"

李思特喘着粗气,走到王小虎、欧阳晴晴和胖墩跟前,四人异口同声说道:"我们是'虎虎生威侦查小队'!你被捕了!"

赵宁一看只剩下自己一人,众人又正朝自己走来,顿时乱了阵脚:"你们别过来!"

这时他想起了李思特的特长,顿时想明白了自己的手机被劫持的事情:"就是你在我手机上安装了劫持软件,对不对?"

李思特笑道:"没错,正是鄙人。昨晚帮你拷贝资

料,送到隔壁实验室时,我偷偷装进去的。"

"不过是我想出的计划。"王小虎得意道,"不要遗憾,你和老马输给我们是再正常不过的。"

"他……他也被抓了?你们是什么时候开始怀疑我们的?"赵宁颤声问道。

"我第一次看到那个潜入实验室的怪人时就怀疑你了。那怪人虽然全副武装,什么都看不到,但在气质上和你真的很像。不过当时我还不能确定,因为我一直不明白:间谍明明可以隐蔽地偷走东西,为什么要毁掉两个人的DNA样本,这不是暴露了自己吗?直到朱聪让我帮他证明他爷爷其实是我党的一名特工,我才突然反应过来:只有一种可能,那就是那个间谍不能让骸骨的容貌被复原,因为那样会暴露他的身份!所以,为了不让人起疑,他顺便把另外一人的样本也毁掉了。"

赵宁冷笑着说:"你很聪明!"

"一般一般,天下第三。"王小虎很得意。

"这次算你们赢了,你们想怎样?"

欧阳晴晴挥手制止正走过来的其他人:"这个人交

给我!"

赵宁一看只是欧阳晴晴一个女生,顿时来了信心。

"就你一个人吗?那就别怪我——"

然而他话还没说完,就被欧阳晴晴的一记"日字冲拳"正中面门。一行鼻血从他的鼻孔中汩汩流出,随即他直愣愣地摔倒在地。

四周响起了嘹亮的警笛声。

回到实验室后,王小虎、欧阳晴晴、李思特和胖墩都高兴坏了。四人围在一起,不停地夸赞彼此在这次行动中的完美表现。何教授和陈队长也高度表扬了"虎虎生威侦查小队"的四名队员。

何教授说:"正如我一早说的,王小虎智勇双全,欧阳晴晴武艺高超,李思特是计算机天才,胖墩……也是一个活泼可爱的男孩。"

胖墩笑呵呵道:"没错!我就是个活泼可爱的男孩!"

大家一起说道:"你真的很棒!"

陈队长也笑着说:"没有你们,这次我们就无法完美地找出间谍,也无法保护国家的高新技术不被间谍窃取。

第二十三章
英雄归队

哦,对了,还有个好消息要告诉你们,那个金爷也已经在哈莫被抓了。"

何教授还把水壶的比对结果告诉了王小虎。正如大家推断的那样,"少年铁血队"用的水壶都来自朱聪爷爷的地下室。也就是说,朱聪爷爷一直潜伏在日本人身边,暗中帮助那些抗日战士们。他的英雄事迹终于大白于天下。

至于在朱聪爷爷水壶中发现的那块棉布,实验室的检测专家根据棉布上按列分布的斑块猜测这块棉布可能是一封"血书"。或许,朱聪爷爷在去世前得知了重要信息,因为手头没有纸笔,就咬破了手指,在棉布上写下了血书,但因为日本士兵找过来了,情急之下,他只能将棉布塞进了水壶中。于是,这秘密便被封存,在岁月中沉默等待着能发现它的人。

为了向公众讲述朱有为的英雄事迹,华夏DNA实验室专门开了发布会,发布会的名字就叫"英雄归队"。

在发布会上,何教授讲述了事情的经过,亲自证实了朱有为是一名隐蔽战线的英雄。不仅如此,通过DNA

鉴定和资料查阅，实验室也成功确定了十二具"少年铁血队"队员和那两具成年人骸骨的真实身份，那段热血历史在DNA技术的助力下，清晰复原。

原来当时十二名"少年铁血队"队员正和大英雄王传功一起捉拿汉奸赵一刀，他们连续追了十五个日夜，最后追踪到了朱有为所在的村子，并通过他补充了上长白山所需的物资，包括每人一个水壶。而因为朱有为家有花庄，所以有人的水壶中意外掉进了彼岸花的种子。

一夜大雨过后，他们在山里找到了赵一刀。在和赵一刀搏斗的过程中，王传功射出的子弹打中了赵一刀的腰部，连带击穿了赵一刀的水壶，后来赵一刀也射中了王传功，两人的血液都流入了各自的水壶之中。命运弄人，泥石流接踵而至。王传功和赵一刀，还有十二名"少年铁血队"队员都被泥石流吞没……

"直到水壶中的彼岸花种子历经时光再度生根发芽，绽放出娇艳的花朵，那些长眠地下的英雄，才终于被带到我们面前，往昔的热血与牺牲，才重新在当下熠熠生辉。资料中只是提到了王传功在追查赵一刀，阻止他把

第二十三章
英雄归队

东北抗日联军的秘密情报交给日本人,但没有成功,后续就没有记载了。现在,我们通过DNA技术,终于还原了英雄的容貌,也还原了这段热血沸腾的历史。今天,我们的英雄终于归队了!"何教授的声音回荡在发布会现场,震撼着每一个人的心。

在何教授开发布会的时候,王小虎正躺在他发现彼岸花的那块巨石上,脸上盖着那本《少年铁血队》。这本书是陈队长交给他的,陈队长说,马老师在被公安人员带走时拿出了这本书,特意让他还给王小虎。马老师说,当初选王小虎来实验室,是因为他成绩差还爱捣蛋,是他潜伏在实验室里最好的掩护。没想到,就是这个他以为的"最佳掩护",抓住了他这个未尝败绩的超级间谍……

此时的王小虎正徜徉在自己的梦境中:

依然是那片雪林,但不同的是,此时一轮朝阳正冉冉升起,程斌挺进队的大叛徒们都已经跪在地上,束手就擒。

而站在王小虎身边的,除了他最好的朋友欧阳晴晴、李思特和胖墩,还有十二名"少年铁血队"队员,以及

穿着军装、戴着军帽，腰间别着一个水壶的王传功。

王传功看着远处沐浴在晨光中的长白山，赞叹道："祖国的大好河山，真美啊！"

说完，他打开水壶喝了一口，又把水壶递给了王小虎。

"小虎，你也来一口。"

王小虎仰起头咕咚咕咚喝了一大口。

看到王小虎的样子，王传功笑了，笑得那么灿烂，那么温暖。

王小虎问出了心中存在许久的疑问："我有个问题，现在这个世界还需要英雄吗？"

王传功望着天空中红彤彤的圆日，仍是那样笑着："小虎，不管什么时候，这个世界都需要英雄！"

后　记

在出版了二十余部小说之后,我动笔写下《英雄归队》,竟忽然生出一种久违的悸动与喜悦,那种只有初次执笔时才有的幸福感。多年之后的我,绕了一个大圈,仿佛又回到了文学之路最初的起点。

那时的我,正值年少,与书中的王小虎年纪相仿,性情也颇为相似:虎虎生风,意气风发,浑身涌动着少年人独有的莽撞与正义感。初一时,我对文学近乎虔敬的热爱,在某个午后结出了最初的果实——我在全国性杂志上发表了人生第一篇文章,收到第一笔稿费,也第一次悄然在心底埋下一粒种子:或许,将来可以以写作为生。

自那以后,我虽未曾以"文学青年"自居,手中讲故事的笔却也未曾停歇。高中的某个冬夜,我完成了人生第一部长篇小说;大学二年级,我创作的剧本首次在亚洲级别的赛事中获奖。那时我尚未意识到,"作家"这个词,已悄然在命运深处为我点亮了一盏灯。而真正有人这样称呼我，是在大学毕业之后。那时，我的小说"意林少年励志馆·山海经"系列开始在杂志上连载，并陆续出版。这套少儿小说，连载逾十年，出版十余部，陪伴了无数少年的成长岁月。

后来，我又陆续创作了很多作品，它们曾入选桂冠童书"百强名单"，也曾获得"上海好童书"等荣誉。我参与编剧的电视剧《岁岁年年柿柿红》登上央视一套黄金档，最终斩获陕西省精神文明建设"五个一工程"奖，以及飞天奖、金鹰奖等殊荣。

此时，我开始尝试一种新的文学路径——在网络文学酣畅淋漓的阅读快感之上，融入现实题材所特有的文学性与厚度。多年耕耘，亦渐见回响：多部作品或得到上海文化发展基金、北京宣传文化引导基金的资助，或入选中国"网络文学+"大会年度推荐IP和中国作协网络文学重点作品扶持名单等。

这一切于我而言，不只是奖项的加冕，更是对我文学初心的温柔回应。

然而，我却时有疑问：我成为真正的作家了吗？我对得起"作家"二字所承载的分量了吗?我知道,我需要一个全新的"第一次"。《英雄归队》的写作,正是这个全新的"第一次"。

这是一部有些不一样的少儿科幻小说。创作之初,我与出版社的编辑老师们达成了一个共识:我们要出版一部"八分软科幻,二分硬科技"的作品。

这当如何理解呢?

少儿科幻作品往往钟情于寻找天马行空的科技灵感,继而展开想象的翅膀,无拘无束,自由飞翔。这种写法自然是富有未来感且愉悦的,小读者们也乐在其中。但我们想尝试一些不一样的东西——我们希望给孩子们带来一种真实感,一种"科技变革正发生在你我身边"的触感,一种"我生于此时此地"的时代自豪感,一种"我也是其中一分子"的高度参与感!

我们通过丰满的人物和跌宕起伏的故事,构建起八分"软科幻"的柔性骨架。《英雄归队》讲述了科技工作者借助DNA技术为无名烈士寻回身份,找寻亲人的故事。在中国人民抗日战争暨世界反法西斯战争胜利80周年之际，我们想借着这样一束温柔的光，照亮孩子们的心灵，让他们跟随书中人物一起见证那些原本湮没在战火中的英雄重新回到人们心中，被永远铭记。

这是一种厚重的感动，一种人性深处的温暖与美好，一种跨越时代的爱国情怀，它并不浮夸，却足以使人动容。

与此同时，我们在书中也以科普"知识卡"的形式，对故事中所涉及的科学知识和技术背景进行了拓展介绍。我们想告诉小读者们，他们在故事中所见的神奇科技，基本都已在我们伟大的祖国成为现实，甚至正在改变着我们的生活方式。

我们正站在这样一个奇迹般的历史坐标上——

一个科技与梦想交织、现实与未来重叠的时代！

孩子们，未来已来，这是属于你我的真正的"科幻时代"！

我也希望，这本书的出版，终将使我不负作家之名。

周飞

2025年6月

版权所有　侵权必究

图书在版编目（CIP）数据

英雄归队 / 周飞著. -- 杭州：浙江科学技术出版社，2025.8. -- ISBN 978-7-5739-1972-4

Ⅰ. I247.5

中国国家版本馆CIP数据核字第2025J9441M号

YINGXIONG GUIDUI

书　　名	英雄归队
著　　者	周　飞

出版发行　浙江科学技术出版社
　　　　　地址：杭州市拱墅区环城北路177号　邮政编码：310006
　　　　　办公室电话：0571-85176593
　　　　　销售部电话：0571-85062597
　　　　　E-mail：zkpress@zkpress.com

排　　版	杭州兴邦电子印务有限公司
印　　刷	浙江海虹彩色印务有限公司
经　　销	全国各地新华书店

开　　本	880 mm×1230 mm　1/32	印　张	7.75
字　　数	120千字	插　页	4
版　　次	2025年8月第1版	印　次	2025年8月第1次印刷
书　　号	ISBN 978-7-5739-1972-4	定　价	28.00元

策 划 人	吴　山	责任编辑	仇　轶　李宁宁	文字编辑	王弘劼
责任校对	李亚学	责任美编	曹莞君	封面设计	潘　洋
封面插图	独乐屠	内文插图	曹莞君	责任印务	叶文炀

如发现印、装问题，请与承印厂联系。电话：0571-85095376

科技考古 再现峥嵘

致敬英雄

问英灵安在,后生可记:当年壮烈,那日从容?

再度回眸,诗篇血就,当教中华瞩目中。

还休忘,有余魅拜鬼,海上云浓。

——佚名《沁园春·雪漫残阳》(节选)

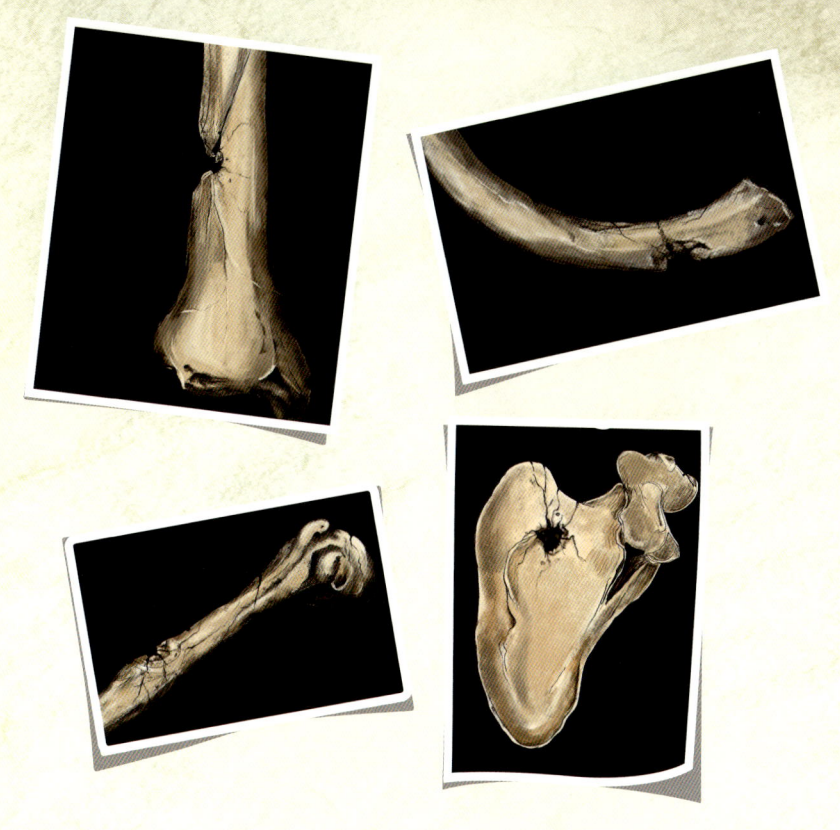

无名烈士的遗骸之上，铭刻着最真实的战争史：
尚未闭合的骨骺线，
诉说着小小肩膀扛起中华命运的家国大义；
遗骨上的弹孔、伤痕，嵌着的炸弹铁屑，
是烈士生前在枪林弹雨中浴血奋战、慷慨赴义的见证；
被硬生生掰断的腿骨，严重感染的肢体，
还有遗骸上的种种病理现象……
多么惨烈的战争环境，多么恶劣的医疗条件……
都未动摇英雄战斗到底的决心！

烈士忠骨的埋葬之地，向我们讲述着烈士遗物的故事：
　　没有入殓的棺椁，没有陪葬品，
　　只有残存的担架木头、衣扣；
　　再多一些也就是鞋子、皮带、水壶……
　　没有墓碑，没有墓志铭，
　　甚至什么都没有，只有孤零零的一具遗骸。
　　如果有子弹在体内未取出，那便是烈士唯一的遗物。

上了战场的人再也没有回来,
甚至连一张照片都没有留下。
他们的面貌掩埋于黄土之下,
他们的姓名消失于历史的硝烟之中……
怎能让英雄孤单地离开?
新时代的科技考古者,利用最先进的三维扫描及DNA技术,
让英雄的面容一点点重现于世人眼中,
无限思念与崇敬便有了一种寄托。

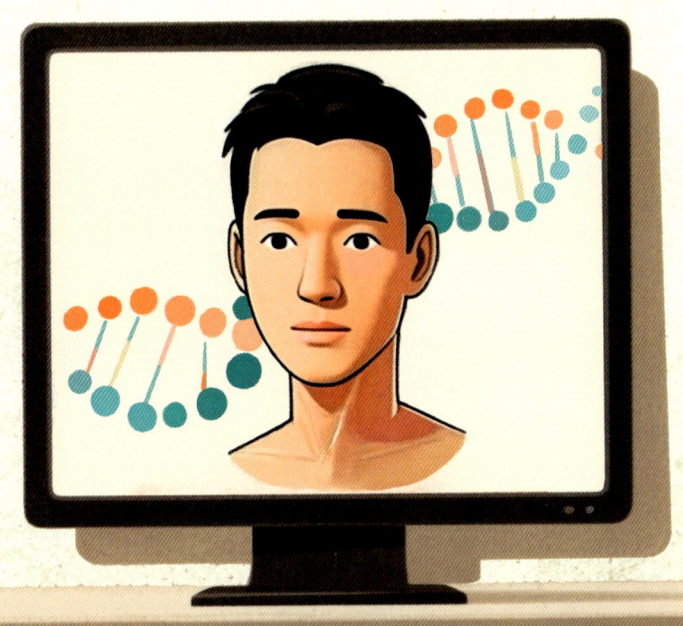

烈士遗骸埋葬年代久远，保存环境恶劣，从中提取DNA挑战极大。我国科研人员怀着对每一位烈士的崇敬之情，夜以继日地筛选配方、研发技术，最终攻克难题，使烈士身份确认和亲属认亲成为可能。

助英雄回归故土，为抗日战争留存宝贵证据，用科技手段为今人和后人认识历史，缅怀历史开启新通道……

科学家之大者，为国为民。

让我们向积极弘扬爱国主义精神的每一位科技工作者致敬！

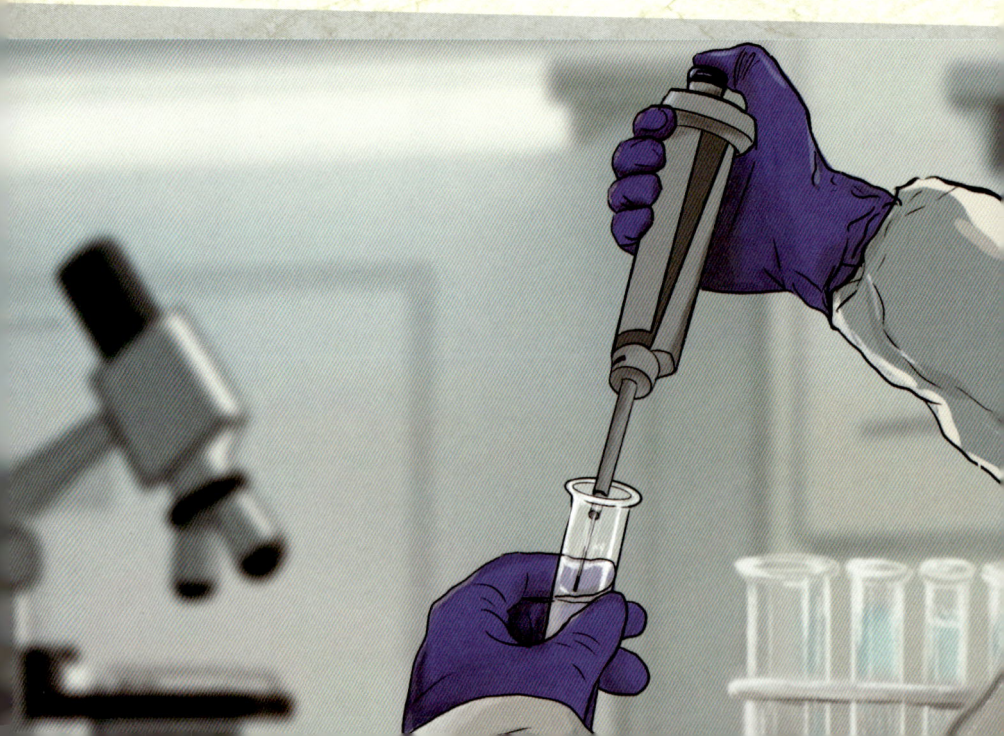

缅怀英烈，呼唤和平